# 我与我的对话

人民文学出版社

Wo Yu Wo De
Dui Hua

**有价值悦读**

刘以鬯 著

梅子 编

著作权合同登记号　图字 01-2018-1427

图书在版编目（CIP）数据

我与我的对话/刘以鬯著;梅子编.—北京:人民文学出版社,2017
（有价值悦读）
ISBN 978-7-02-013547-9

Ⅰ.①我…　Ⅱ.①刘…　②梅…　Ⅲ.①小说集—中国—当代②散文
集—中国—当代　Ⅳ.①I217.2

中国版本图书馆 CIP 数据核字（2017）第 290681 号

责任编辑　陈彦瑾　周方舟
装帧设计　陶　雷
责任印制　徐　冉

出版发行　人民文学出版社
社　　址　北京市朝内大街 166 号
邮政编码　100705
网　　址　http://www.rw-cn.com

印　　刷　三河市延风印装有限公司
经　　销　全国新华书店等

字　　数　188 千字
开　　本　787 毫米×1092 毫米　1/32
印　　张　11.25　插页 3
印　　数　1—6000
版　　次　2018 年 7 月北京第 1 版
印　　次　2018 年 7 月第 1 次印刷

书　　号　978-7-02-013547-9
定　　价　39.00 元

# 出版说明

社会飞速发展，欲求稳定健康、立足长远，必须有具备良好价值的文学读品，丰富和保护我们个体的心灵和创造力；社会飞速发展，现实的我们，也确实没有多少完整的时间，投入心性的培养和审美能力的提升。人民文学出版社推出这套"有价值悦读"丛书，以作品精到为编选方向，以形态精致为制作目标，旨在为当今奔忙于生计和学业的人们，提供一个既可以随时便览，抽时间细细品味也深有内涵的文学经典读本。

初出第一辑，以当代优秀的小说家为主，每人一册，不特选小说，作者有被称道的散文作品亦纳入该作者的选本。

限于目前的具体情况，一些作者未能收入眼下这一辑，我们将在后续的出版过程中，满足大家的要求。

我们热切地期盼广大读者，对我们这套丛书提出意见和建议，以使我们能够做得更好，我们彼此能够更贴近。

人民文学出版社编辑部

# 目 录

# 《酒　徒》(节录)

## 五

这条街只有人工的高贵气息；但是世俗的眼光都爱雀巢式的发型。我忘记在餐厅吃东西，此刻倒也并不饥饿。醉步踉跄，忽然忆起口袋里的续稿尚未送去。

我是常常搭乘三等电车的。

有个穿唐装的瘦子与我并肩而坐。此人瘦若竹竿;但声音极响,说话时,唾沫星子四处乱喷。售票员咧着嘴,露出一排闪呀闪的金牙,聚精会神地听他讲述姚卓然的脚法。

(我应该将我的短篇小说结成一个集子,我想。短篇小说不是商品,所以不会有人翻版。我应该将我的短篇小说结成一个集子。)

走进报馆,将续稿放在传达的桌面上。时近深宵,传达也该休息了。

噔噔噔,那个编"港闻二"的麦荷门以骤雨般的疾步奔下木梯。一见我,便提议到皇后道"钻石"去喝酒。我是一个酒徒,他知道的。我不能拒绝他的邀请。"钻石"的卤味极好,对酒徒是一种无法抗拒的引诱。坐定后,他从公事包里掏出一个短篇来,要我带回家去,仔细读一遍,然后给他一些批评。我说:我是一个写通俗小说的人,不够资格欣赏别人的文艺作品,更不必说是批评。他笑笑,把作品交给我之后,就如平日一样提出一些有关文艺的问题:

——"五四"以来,作为文学的一个部门,小说究竟有了些什么成绩？

——何必谈论这种问题？还是喝点酒,谈谈女人吧。

——你觉得《子夜》怎么样？

——《子夜》也许能够"传"①,不过,鲁迅在写给吴渤的信中说:"现在也无更好的长篇作品。"

——巴金的《激流》呢？

——这种问题伤脑筋得很,还是谈谈女人吧。

——依你之见,"五四"以来我们究竟产生过比《子夜》与《激流》更出色的作品没有？

——喝杯酒,喝杯酒。

——不行,一定要你说。

——以我个人的趣味来说,我倒是比较喜欢李劼人的《死水微澜》《暴风雨前》《大波》与端木蕻良的《科尔沁旗草原》。

麦荷门这才举起酒杯,祝我健康。我是"有酒万事足"的人,麦荷门却指我是逃避主义者。我承认憎厌丑恶的现实;但是麦荷门又一本正经地要我谈谈新文学运动中的短篇小说了。我是不想谈论这种问题的,喝了两杯酒之后,居然也说了不少

---

① 传,指传世。

3

醉话。

麦荷门是个爱好文学的好青年。我说"爱好",自然跟那些专读四毫小说①的人不同。他是决定将文学当作苦役来接受的,愿意付出辛劳的代价而并不冀求获得什么。他很纯洁,家境也还过得去,进报馆担任助理编辑的原因只有一个:想多得到一些社会经验。他知道我喜欢喝酒,所以常常请我喝。前些日子,读了几本短篇小说作法之类的书籍后,想跟我谈谈这一课题,约我到兰香阁去喝了几杯。他说莫泊桑、契诃夫、奥·亨利②、毛姆、巴尔扎克等人的短篇小说已大部分看过,要我谈谈我们自己的。我不想谈,只管举杯饮酒。现在,麦荷门见我已有几分醉意,一边限制我继续倾饮,一边逼我回答他的问题。我本来是不愿讨论这个问题的,喝了酒,胆量大了起来。

——几十年来,短篇小说的收获虽不丰厚,但也不是完全没有表现的。不过,由于有远见的出版商太少,由于读者给作者的鼓励不大,由于连年的战祸,作者们耕耘所得,不论好坏,都像短命的昙

---

① 四毫小说,20世纪60年代初流行的、内容以奇情、惊险为主的通俗小说,由"三毫子小说"延续而来。每册约四万字,售港币四角(毫)。其中有些作者后来成了文坛名家。
② 奥·亨利今通译欧·亨利。

花,一现即灭。那些曾经在杂志上刊登而没有结成单行本的不必说,即使侥幸获得出版家青睐的作品,往往印上一两千本就绝版。读者对作者的缺乏鼓励,不但阻止了伟大作品的产生,而且使一些较为优秀的作品也无法流传或保存。只因为是如此,年轻一代的中国作者,看到林语堂、黎锦扬等人获得西方读书界的承认,纷纷苦练外国文字,将希望寄存在外国人身上。其实外国人的无法了解中国是毋庸置疑的事实。在他们的印象中,中国男人必定梳辫,中国女人必定缠足,因此对中国短篇小说欣赏能力也只限于《三言二拍》。曾经有过一个法国书评家,读了《阿Q正传》后,竟说它是一个人物的 sketch①。这样的批评当然是不公允的,但是又有什么办法?一个对中国社会制度与时代背景一无所知的人,怎能充分领略这篇小说的好处?不过,有一点,我们不能不承认:"五四"以来的短篇创作多数不是"严格意义的短篇小说"。尤其是茅盾的短篇,有不少是浓缩的中篇或长篇的大纲。他的《春蚕》与《秋收》写得不错,合在一起,加上《残冬》,结成一个集子,格调与J.史坦贝克②的《小红马》有点相似。至于那个写过不少长篇小说的巴金,也曾写过很多短篇。但是这些短篇中间,只有《将军》值

---

① sketch,速写与素描。
② J.史坦贝克今通译 J.斯坦贝克。

5

得一提。老舍的情形与巴金倒也差不多,他的短篇小说远不及《骆驼祥子》与《四世同堂》。照我看来,在短篇小说这一领域内,最有成就、最具中国作风与中国气派的,首推沈从文。沈的《萧萧》《黑夜》《丈夫》《生》都是杰作。自从喊出"文学革命"的口号后,中国小说家能够称得上 stylist[①]的,沈从文是极少数的几位之一。谈到 style[②],不能不想起张爱玲、端木蕻良与芦焚(即师陀)。张爱玲的出现在中国文坛,犹如黑暗中出现的光。她的短篇也不是严格意义的短篇小说,不过,她有独特的 style——一种以章回小说文体与现代精神糅合在一起的 style。至于端木蕻良的出现,虽不若穆时英那样轰动;但也使不少有心的读者惊诧于他在作品中显露的才能。端木的《遥远的风砂》与《鸶鹭湖的忧郁》,都是第一流作品。如果将端木的小说喻作咖啡的话,芦焚的短篇就是一杯清淡的龙井了。芦焚的《谷》,虽然获得了文艺奖金,然而并不是他的最佳作品。他的最佳作品应该是《里门拾记》与《果园城记》。我常有这样的猜测:芦焚可能是个休伍·安德逊[③]的崇拜

---

① stylist,文体家。
② style,风格。
③ 休伍·安德逊今通译舍伍德·安德森。

者,否则,这两本书与休伍·安德逊的《温斯堡,俄亥俄》①绝不会有如此相像的风格。就我个人的阅读兴趣来说,他的《期待》应该归入新文学短篇创作的十大之一。……非常抱歉,我已唠唠叨叨地讲了一大堆,你一定感到厌烦了,让我们痛痛快快喝几杯吧!

但是,麦荷门对于我的"酒话",却一点不觉得憎厌。呷了一口酒,他要求我继续讲下去(这是他的礼貌,我想。)因此,我对他笑笑,喝了一大口威士忌,夹了一大块油鸡塞入嘴里,边咀嚼,边说:

——荷门,我们不如谈谈别的吧。利舞台那部《才子佳人》,看过没有?

——没有看过。听说抗战时期有两个短篇获得广大读者群一致的好评。

——你是指姚雪垠的《差半车麦秸》与张天翼的《华威先生》?

——不错,正是这两篇。你觉得怎样?

——《差半车麦秸》写得相当成功;但是《华威先生》有点像速写。

——就你的阅读兴趣来说,"五四"以来,我们究竟有过多少

①　《温斯堡,俄亥俄》今通译《小城畸人》。

7

篇优秀的短篇小说？

——我哪里记得清这么多？还是谈谈女人吧。

麦荷门对女人似乎不大感到兴趣，对酒，也十分平常。他对于文学的爱好，大概是超乎一切的。他一定要我回答他的问题。态度坚决，脸上且有不满之色。没有办法，只好做了这样的回答：

——就我记忆所及，沈从文的《生》与《丈夫》、芦焚的《期待》、端木蕻良的《鹭鸶湖的忧郁》与《遥远的风砂》、姚雪垠的《差半车麦秸》外，鲁迅的《祝福》、罗淑的《生人妻》、台静农的《拜堂》、舒群的《没有祖国的孩子》、老向的《村儿辍学记》、陈白尘的《小魏的江山》、沙汀的《凶手》、萧军的《羊》、萧红的《小城三月》、穆时英的《上海的狐步舞》、田涛的《荒》、罗烽的《第七个坑》……都是优秀的作品。此外，蒋牧良与废名也有值得提出来讨论的作品。

麦荷门喝了一口酒，提出另一个问题。

——我们处在这样一个大时代，为什么还不能产生像《战争与和平》那样伟大的作品？

我笑了。

他要我说出理由。

——俄国有史以来，也只有一个托尔斯泰。我答。

他还是要求我将具体的理由讲出来。

经不起他一再怂恿，我说了几个理由：（一）作家生活不安定；（二）一般读者的欣赏水平不够高；（三）当局拿不出办法保障作家的权益；（四）奸商盗印的风气不减，使作家们不肯从事艰辛的工作；（五）有远见的出版家太少；（六）客观情势的缺乏鼓励性；（七）没有真正的书评家；（八）稿费与版税太低。

麦荷门呷了一口酒，又提出一个问题：

——柯恩在《西洋文学史》中，说是"戏剧与诗早已联盟"；然则小说与诗有联盟的可能吗？

——文学史上并不缺乏伟大的史诗与故事诗，而含有诗意的小说亦比比皆是。我知道你的意思当然不是指这些。

——依你的看法，明日的小说将是怎样的？

——法国的"反小说派"似乎已走出一条新路来了，不过，那不是唯一的道路。贝克特与纳布阿考夫①也会给明日的小说家一些影响。总之，时间不会停留的，小说家也不可能永远停在某一个阶段。

荷门又提写实主义的问题，但是我已无意再开口了。我只想

---

① 纳布阿考夫今通译纳博科夫。

9

多喝几杯酒,然后做一场好梦。

现实仍是残酷的东西,我愿意走入幻想的天地。如果酒可以教我忘掉忧郁,又何妨多喝几杯。理智不良于行,迷失于深山的浓雾中,莫知所从。有人借不到春天,竟投入感情的湖泊。

一杯,两杯。

魔鬼窃去了灯笼,当心房忘记上锁时。何处有噤默的冷凝,智者遂梦见明日的笑容。

一杯,两杯。

荷门仍在提出问题。他很年轻。我想仿效鸟雀远飞,一开始,却在酒杯里游泳。

偷灯者在苹果树上狂笑,心情之愉快,一若在黑暗中对少女说了一句猥亵的话语。

突然想起毕加索的那幅《摇椅上的妇人》。

原子的未来,将于地心建立高楼大厦。伽马线可能比北极星更有用。战事是最可怕的访客,婴儿们的啼哭是抗议的呼声。

流行文章出现"差不多"的现象,没有人愿意知道思想的瘦与肥。

有人说:"那飞机迟早会掉落。"

然而真正从高空中掉落来的,却是那个有这种忧虑的人。

用颜色笔在思想上画两个翼,走进逝去了的年代,看武松怎样拒绝潘金莲的求爱;看林黛玉怎样埋葬自己的希望;看关羽怎样在华容道放走曹操;看张君瑞的大胆怎样越过粉墙;看包龙图怎样白日断阳间、晚上理阴司。

一杯,两杯。

——你不能再喝了,让我送你回去吧! 他说。

——我没有醉。

一杯,两杯。

地板与挂灯调换位置,一千只眼睛在墙壁上排成一幅图案。心理病专家说史特拉文斯基的手指疯狂了,却忘记李太白在长安街上骑马而过。太阳是蓝色的。当史特拉文斯基喝醉时,月亮失去圆形。

笑声里,眼前出现齐舞的无数金星。理性进入万花筒,立刻见到一块模糊的颜色。这是一件非常可能的事,唐三藏坐在盘丝洞里也会迷惑于蜘蛛的妩媚。凡是得道的人,都能在千年之前听到葛许温①的《蓝色狂想曲》。

(我的思想也醉了,我想。为什么不让我再喝一杯? 夜香港

---

① 葛许温今通译格什温。

的街景比明信片上的彩色照更美。但是夜香港是魔鬼活跃的时刻。为什么送我回家?)

　　站在镜子前,我看到一只野兽。

# 对　　倒

## 一

一零二号巴士进入海底隧道时,淳于白想起二十几年前的事。二十几年前,香港只有八十多万人口;现在香港的人口接近四百万。许多荒凉的地方,变成热闹的徙置区。许多旧楼,变成摩天大厦。他不能忘记二十几年前从上海搭乘飞机来到香港的情景。当他上飞机时,身上穿着厚得近似臃肿的皮袍,下机时,却见到许多香港人只穿一件白衬衫。这地方的冬天是不大冷的。即使圣诞前夕,仍有人在餐桌边吃雪糕。淳于白从北方来到香港,正是圣诞前夕。长江以北的战火越烧越旺。金圆券的狂潮使民众连气也透不转。上海受到战争的压力,在动荡中。许多人都到南方来了。有的在广州定居,有的选择香港。淳于白从未到过香港,却有意移居香港。这样做,只有一个理由:港币是一种稳定的货币。淳于白从上海来到香港时,一美元可以兑六港元;现在,只可以换到五点六二五。

二

旧楼的木梯大都已被白蚁蛀坏,踏在上面,会发出吱吱的声响。这些木梯,早该修葺或更换了。不修葺,不更换,因为业主已将这幢战前的旧楼高价卖给正在大事扩展中的置业公司。这是姨妈告诉亚杏的。亚杏的姨妈住在这幢旧楼的三楼,已有二十多年。亚杏与姨妈的感情很好,有事无事,总会走去坐坐。现在,走下木梯时,她手里拿着一只雪梨。这雪梨是姨妈给她的。亚杏走出旧楼,正是淳于白搭乘巴士进入海底隧道的时候。

拐入横街,嗅到一股难闻的臭气。这里有个公厕,使每一个在这条街上行走的路人必须用手帕或手掌掩住鼻孔。亚杏不喜欢这条横街,因为这条横街有公厕。每一次经过公厕旁边,总会产生这种想念:

"将来结婚,找房子,一定要有好的环境,近处绝对不能有公厕。"

## 三

巴士拐入弥敦道。淳于白见到一个女人。这个女人约莫四十岁,与二十年前的风度姿态完全不同。她不再是一个美丽的女人。虽然只是匆匆的一瞥,淳于白却清楚看出她的老态。她不再年轻了。她带着两个孩子在人行道上行走。如果没有在二十年前见过她的话,绝不会相信她曾经是一个美丽的女人。她有好几个名字。二十年前淳于白在一家小舞厅里认识她的时候,她有一个庸俗的名字,叫作"美丽"。一个美丽的女人不一定需要叫"美丽"。她并不愚蠢,却做了这样愚蠢的事。那时候,淳于白的经济情况并不好。那时候，大部分逃难到香港的人都陷于经济困境。美丽常常请淳于白到九龙饭店去吃消夜。淳于白想找工作。那时候，人浮于事的情形十分普遍。找不到工作，什么心思也没有。不再到舞厅去，不再见到美丽。他的情绪是在找到工作后才好转的。当他情绪好转时，他走去找美丽。美丽已离开那家舞厅。两年后，在渡海小轮上见到她。她不再叫作"美丽"了。她已嫁人。渡轮抵达港岛，分手。然后有一个相当长的时间互不知道对方的情形。当他再一次见到她时，她不但改了名，而且改了姓。淳于白是在一个朋友的派对上见到她的。她说她已离婚。那天晚上，他们玩到凌晨才离去。那天晚上，淳于白送她回家。那天晚上，淳于白睡在她家里。那天晚上，淳于白对她说："下星期，我要到南洋去了。"过了一个星期，淳于白离开香港。这个一度将自己唤叫"美丽"的女人送他上飞机，还送了一件衣服给他。这件衣服是她自己缝的。现在，淳于白还保存着那件衣服。那衣服已经旧了。淳于白舍不得丢掉。他是常常想到这个女人的。刚才，巴士在弥敦道上驶去时，又见到这个一度名叫"美丽"而现在并不美丽的女人。

# 四

亚杏见到那只胖得像只猪的黑狗摇摇摆摆走过来,走到水果店前,跷起一条腿,将尿撒在灯柱上。她是常常见到这只黑狗的。常常见到这只黑狗排尿。常常见到这只黑狗走来走去。事实上,展现在眼前的一切都是看惯了的。即使士敏土[①]的人行道上有一串鞋印,也记得清清楚楚。

# 五

巴士在弥敦道上疾驰。偶尔的一瞥,淳于白发现那幢四层的旧楼还没有拆除。弥敦道两旁,新楼林立,未拆卸的旧楼,为数不多。淳于白特别注意那幢旧楼,因为二十年前曾在那里炒过金。"二半……二七五……二半……二七五……三零……三二五……三半……三二五……"报告行情的声音,由麦克风传出,犹如小石子,一粒一粒掷在炒金者心中。对于炒金者的心理,淳于白比谁都熟悉。淳于白从上海

① 水泥早期叫作"士敏土",是英语 cement 的音译。

来到香港时，托人汇了一笔钱来。那时候，上海的金融乱得一塌糊涂。金圆券的币值每一分钟都在变动，民众却必须将藏有的黄金缴出。淳于白没有缴出黄金，暗中将黄金交给一个香港商人，讲明到香港取港币。那时候，一根条子可换三千港币；淳于白只换得两千五。这当然是吃亏的，淳于白心里也明白。问题是，除了这样做，没有第二个办法可以将黄金汇到香港。长江以北的战局越来越紧，朋友见面总会用蚊叫般的声音说些这一类的话：

"你怎么样？"

"我怎么样？"

"不打算离开上海？"

"打算是有的；不过，事情并不简单。"

"到过香港没有？"

"没有。"

"许多人都到香港去了？"

"是的，许多人都到香港去了。"

上海是紧张的，整个上海的脉搏加速了。每一个人都知道徐蚌会战①的重要性。报纸上的新闻未必可靠；人们口头上传来传

---

① 徐蚌会战为国民党的称法，即指淮海战役。

去的消息少有不添油加酱的。房屋的价格跌得最惨，花园大洋房只值七八根大条子。有钱人远走高飞。有气喘病的人趁此到南方去接受治疗。淳于白原不打算离开上海的。有一天，一位近亲从南京来，在他耳边说了这么两句："前方的情况不大好，还是走吧。"淳于白这才痛下决心，托朋友买了飞机票，离开谣言太多而气氛紧张的上海。初到香港，人地两疏。一个自称"老香港"的同乡介绍他们到九龙去租屋，三四百呎的新楼，除了顶手还要鞋金①；除了租金还要上期。那时候，顶手是很贵的。那时候，租屋必须付鞋金。那时候，从内地涌来的"难民"实在太多。大部分新楼都是"速成班的毕业生"，偷工减料，但求一个"快"字。楼宇起得越快，业主们的钱赚得越多。那时候，九龙的新楼很多：都是四层的排屋，形式上与现在的摩天大楼有极大的区别。现在，港九到处是高楼大厦，所有热闹的地区都变成石屎丛林。淳于白刚才见

① 顶手，即顶手费。指租客与放租人交易时，后者要求除租金外要多交的一笔转让费。鞋金，指在租金受管制的情况下，业主巧立名目，在租金以外收取的费用之一。例如一间一百平方呎的房，市值月租四千元，呎租四十元；市民叫贵，要求政府干预，每呎月租只可收二十元，即月租限制在两千元的水平。业主知道每月被政府削走两千元，两年租约合共失去四点八万元，便会千方百计取回这四点八万元，此即为鞋金。如今租管已撤销，鞋金亦不存在。

到的那幢旧楼,显然是一个例外。这个"例外",使淳于白睁着眼睛走入旧日的岁月里去了。那时候,因为找不到适当的工作,几乎每天走去金号做投机生意。现在,坐在巴士里,居然产生了进入金号的感觉。依稀听到了报告行情的声音:"三半……三七五……四〇……四二五……"

## 六

女人都喜欢看服装。亚杏不是一个例外。当她见到一家照相馆橱窗里摆着一个穿着结婚礼服的木头公仔时,心就扑通扑通一阵子乱跳。那袭礼服是用白纱缝的,薄若蝉翼,很美。亚杏睁大眼睛凝视这袭礼服,有点妒忌木头公仔。"就算最丑陋的女人,穿上这种漂亮的礼服,也会美得像天仙。"她想。她睁大眼睛怔怔地望着那袭礼服,望得久了,木头公仔忽然露了笑容。木头公仔是不会笑的。那个穿着结婚礼服而面露笑容的女人竟是她自己。她面前的一块大玻璃突然失去透明,变成镜子。亚杏见到"镜子"里的自己,身上穿着白纱礼服,美得像天仙。

# 七

巴士停定。一种突发的冲动使淳于白跟随其他的乘客下车。不知道为什么这样做，却这样做了。

这是旺角。这里有太多的行人。这里有太多的车辆。旺角总是这样拥挤的。每一个人都好像有要紧的事要做，那些忙得满头大汗的人，也不一定都是走去抢黄金的。百货商店里的日本洋娃娃笑得很可爱。歌剧院里的女歌星有一对由美容专家割过的眼皮。旋转的餐厅。开收明年月饼会。本版书一律七折。明天下午三点供应阳澄湖大闸蟹。虾饺烧卖与春卷与芋角与粉果与叉烧包。……

# 八

照相馆隔壁是玩具店。玩具店隔壁是眼镜店。眼镜店隔壁是金铺。金铺隔壁是酒楼。酒楼隔壁是士多①。士多隔壁是新潮服

---

① 士多，店铺，英语 store 的音译。

装店。亚杏走进新潮服装店，看到一些式样古怪的新潮服装。有一件衣服上面印着两颗心。有一套衣服印着太多的"I LOVE YOU"。亚杏对这套印着"I LOVE YOU"的衣服最感兴趣。"阿妈不识英文，"她想，"买回去，阿妈一定不会责怪的。这套衣服，穿在身上，说不定会引诱不相识的男人与我讲话。"截至目前为止，她还没有一个男朋友，当她走出那家新潮服装店时，心里有一种莫名其妙的感觉。说是高兴，倒也有点像惆怅。新潮服装店隔壁是石油气公司。石油气公司隔壁是金铺。金铺隔壁是金铺。金铺隔壁仍是金铺。

站在金铺的橱窗前，眼望双喜字，幻想自己结婚时的情景，那是一家港九最大的酒楼，可以摆两百多席。墙上挂着大双喜的金字幛。前边是一只红木长几。几上有一对龙凤花烛。烛的火舌不断往上舔。她与新郎坐在几前的大圆桌边。新郎很英俊，有点像柯俊雄，有点像邓光荣，有点像李小龙，有点像狄龙，有点像阿伦狄龙。

凌乱的脚步声，使她从幻想中回到现实。一个长发青年飞步而来，撞了她一下，她的身子失去平衡，只差没有跌倒。一时的气愤，使她说了一句非常难听的话语。这是一句俚俗的咒骂，出口时，那青年已无影无踪。邻近起了一阵骚乱，一若平静的湖面忽然被人投了一块大石。虽然不知道这是怎么一回事，见到警察，心情不免有点惊悸。警察将脚步搬得像旋转中的车轮，手里有枪。当警察从她面前擦过时，她的愤怒骤然变成惶悚。她的眼睛睁得很大。眼睛里充满惊诧神情。不知道什么地方传来这么一句话："有人打劫金铺！"——惶悚加上震悸使心跳停了一拍。然后心跳加速，咚咚咚，像一只握成拳头的手在她的内脏乱击。周围的人都很慌张。亚杏也很慌张。亚杏有点手足无措。理智暂时失去应有的清醒，感受麻痹，想离开这出了事的现场，两条大腿却不肯依照她的意志移动。她只是呆呆地站在那里。两个男人站在距离她不过三呎的地方大声谈话。"真大胆！""只有一个人？""一把西瓜刀与一块大石头，用西瓜刀朝金铺店员晃了晃，用石头打破饰柜，就抢走了几万块钱首饰！""几万块钱？""有人亲眼看见的，那劫匪只抢钻石与翡翠。""真大胆！""只要有胆量，不必盼望中马票。"亚杏转过脸去一看，两个男子中间的一个手里拿着一根竹竿，上边用衫夹夹了许多马票，他是一个贩售马票的人。

# 九

　　淳于白继续朝前走去。行人道上有太多的行人，旺角的街边总会有太多的行人。有一个冒失鬼犹如舞龙灯般在人堆中乱挤，踩痛了一个女人的脚，女人惊叫，他却用手掌掩着嘴巴偷笑。

站在一家眼镜店门前，将那些古老的眼镜架当作艺术品来欣赏。"几年前，我是不戴眼镜的，"他想，"现在，不但看电影要戴眼镜，阅读书报时还要戴老花眼镜……"他的思路被两个人的谈话声打断。那是两个中年男子，一个胖，一个瘦。胖子神色紧张，说话时，眼睛睁得大大的，像桂圆。

"你知道不知道？"

"什么？"

"那边有一家金铺被匪徒打劫。"

"有没有捉到匪徒？"

"匪徒抢了一批首饰，从人堆中逃走了。"

"金铺损失多少？"

"据说损失了几万块钱首饰。"

"有人受伤吗？"

"好像没有。"

"香港的治安实在太坏了。"

胖子长叹一声，瘦子也长叹一声。胖子说"再会"，瘦子也说"再会"。胖子朝南走去，瘦子朝北走去。

淳于白朝前走去,见到一只黑狗。这黑狗胖得像猪,摇摇摆摆走过来,走到巴士站旁边,跷起一条腿,将尿排在银色栏杆上。一个妇人的皮鞋被尿淋到了,板着面孔厉声赶走它。淳于白目击这一幕,不自觉地露了笑容。他想起一只名叫"玛丽"的狮子狗与一只名叫"来兴"的狮子狗。当他还在中学读书的时候,他家里养过一对狮子狗。后来,玛丽死了。来兴也死了。他的家里却有了五只狮子狗,他离开上海时,五只狮子狗还围在他的身边狂吠乱跳……

他走到一家服装店门前。

## 十

惊悸的心情消失后,亚杏迈开脚步朝前走去;望望那一堆围作一团的人群,望望人群中间那根有如雨伞般的马票杆。马票,在风中飘呀飘的。那贩售马票的中年男子仍在讲述他目击匪徒抢劫金铺的情形。他的声音很大。没有人向他购买马票。亚杏想:"中了马票之后,买三层新楼,两层在旺角区,一层在港岛的半山区。我与阿妈住在港岛;旺角的两层交给阿爸收租。"——亚杏的父亲是个莫名其妙的人,中午出街,总要到深夜才回来。没有人知道他在外边做什么，连亚杏与她的母亲也不知道。

走到那家被劫的金铺门前，亚杏站定。许多人站在那里观看。金铺的铁闸拉下一半。亚杏看不到里边的情形，索性蹲下身子。虽然看到几条大腿在移动，却不知那些人在里边做什么。警察走来维持秩序，不许闲观的人接近被劫的金铺。闲观的人都在谈论这件事，七嘴八舌，每一个人都将嗓子提得很高，企图凭借声调去压服别人。

在她前面，是一对年轻男女。男的用左臂围住女的肩膀；女的用右手臂圈住男的腰部。

"有一天，我有了男朋友，也要用这种姿态在街边或公园或郊外行走。"她想，"到什么地方去找男朋友？我为什么交不到男朋友？楼下士多的伙计亚财常常对我笑，我不喜欢他。他的牙齿凹凹凸凸，长长短短，很难看。他有一只酒糟鼻，很难看。他的太阳穴有一块瘢疤，很难看。我要找的男朋友，必须像电影小生那样英俊。"

走了一阵，她见到一个年轻男子，瘦瘦高高，长头发，穿了一条"真适意"牌的牛仔裤，右手插在裤袋里。裤子是蓝色的。裤袋却是红方格的。亚杏盯着他观看，再也不愿将视线移到别处。那年轻男子用牙齿咬着一支细长的香烟。

亚杏走到他身边，望望他。

他转过脸来，望望亚杏。

使亚杏感到失望的是：这个用牙齿咬着香烟的年轻男子，不但没有对她多看一眼，反而大踏步穿过马路去了。亚杏望着他的背影，仿佛被人掴了一巴掌似的。她希望疾驰而来的军车将他撞倒。

继续沿着弥敦道走了一阵，忽然感到这种闲荡并不能给她什么乐趣，穿过马路，拐入横街，怀着沉甸甸的心境走回家去。横街有太多的无牌小贩，令人觉得这地方太乱。亚杏低着头，好像有了什么不可化解的心事了。其实，那只是一种无由而生的惆怅。她仍在想着那个用牙齿咬着香烟的男子。她固执地认为年轻男子应该留长头发、应该穿"真适意"的牛仔裤、应该将右手塞在裤袋里、应该用牙齿咬着香烟。她希望能够嫁给这种男子。这样想时，已走到距离家门不足一百步的地方。她见到地上有一张照片。

# 十一

凝视镜子里的自己，淳于白发现额角的皱纹加深了，头上的白发增加了。那是一家服装店，橱窗的一边以狭长的镜子作为装饰。淳于白凝视镜子里的自己，想起了年轻时的事情。

# 十二

亚杏见到那张照片,不能没有好奇。将照片拾了起来,定睛一瞧,心就扑通扑通一阵子乱跳。那是一张猥亵的照片。照片上的情形,是亚杏想也不敢想的。她知道这是邪恶的东西。带回家去,除非不给父母见到,否则,一定会受到责骂。她想:"将它撕掉吧。"但是,她很好奇。对于她,那张照片是刺激的来源,多看一眼,心里就会产生一种难于描摹的感觉。"何必撕掉?"她想,"将来结了婚,也要做这种事情的。"她将照片塞入手袋。走入大厦,搭乘电梯上楼。回到家,才知道母亲在厨房里。于是,拿了内衣内裤走入冲凉房,关上房门,仔细观看那张照片,羞得满面通红,热辣辣的。她脱去衣服,站在镜前,睁大眼睛细看镜子里的自己。

# 十三

凝视镜子里的自己,淳于白想起一些旧日的事情:公共租界周围的烽火、三只轰炸机飞临黄浦江上轰炸"出云号"的情景、四行孤军、变成孤岛的上海、孤岛上的许多暗杀事件。然后太平洋战争突然爆发，日本坦克在南京路上疾驰。

# 十四

　　亚杏照镜时，总觉得自己的脸形很美，值得骄傲。也许这是一种自私心理，只要有机会站在镜前，总会将自己的美丽当作艺术品来欣赏。她不大理会别人对她的看法。

　　当她仔细端详镜子里的自己时，觉得自己比陈宝珠更美，没有理由不能成为电影明星。

　　当她仔细端详镜子里的自己时，觉得自己比姚苏蓉更美，没有理由不能成为红歌星。

　　她就是这样一个少女，每次想到自己的将来，总被一些古怪的念头追逐着，睁大眼睛做梦。在此之前，脑子里的念头虽然不切实际，却是无邪的；现在，看过那张拾来的照片后，脑子里忽然充满肮脏的念头。她想象一个"有点像柯俊雄、有点像邓光荣、有点像李小龙、有点像狄龙、有点像阿伦狄龙"的男人也在这间冲凉房里。这间冲凉房里，除了她与"那个男人"，没有第三个人。这样想时，一种挤迫感，仿佛四堵墙壁忽然挤拢来，一若武侠电影中的机关布景。她的面孔红得像烧红的铁，皮肤的里层起了一阵针刺的感觉，

29

心跳加速,内心有火焰在燃烧。她做了一个完全得不到解释的动作:将嘴唇印在镜面上,与镜子里的自己接吻。

对于她,这是一种新鲜的刺激。第一次,她有了一个爱人。这个爱人竟是她自己。

不敢对镜子里的自己多看一眼,也不敢再看那张拾来的照片,仿佛旧时代的新娘那样,纵有好奇,也没有勇气对从未见过面的新郎偷看一下。她忽然认真起来了,竭力转换思路,认为应该想想陈宝珠与姚苏蓉了。在她的心目中,陈宝珠与姚苏蓉是两个快乐的女人。

进入浴缸,怔怔地望着自己的身体。这是以前很少有的动作,她只觉得女人脸孔是最重要的。那张照片给她的印象太深,使她对自己的体态也有了好奇。她年纪很轻,脸上的稚气尚未完全消失。对于她,这当然不是一个发现;可是,认真地注意自己的体态时,有点惊诧。

将肥皂擦在身上,原是一种机械的动作。当她用手掌摩擦皮肤上的肥皂时,将自己的手当作别人的手。

她希望这两只手是属于"那个男人"的。那个有点像柯俊雄,有点像邓光荣,有点像李小龙,有点像狄龙,有点像阿伦狄龙的男人。

半个钟头之后,她躺在卧房里,两只眼睛直勾勾地望着天花板。她应该将那张照片掷出窗口的,却没有这样做。她将它塞在那只小皮箱的底层。

楼下那家唱片公司,此刻正在播送姚苏蓉的《爱你三百六十年》。

## 十五

镜子里的他,仿佛变成另外一个人了。淳于白对那面镜子继续凝视几分钟后,不敢再看,继续朝前走去。虽然人行道上黑压压地挤满行人,他却感到了无比的孤寂。——见到门饰充满南洋味的餐厅时,推门而入。

餐厅是狭长的,面积不大,布置得相当现代化。墙壁糊着深蓝色的墙纸,灯光黝黯。食客相当多,淳于白却意外地找到一个空着的卡位。坐定,向伙计要一杯咖啡。他见到一个年轻男子从门外走进来,瘦瘦高高,长头发,穿了一条"真适意"的牛仔裤,右手插在裤袋里。裤子是蓝色的,裤袋却是红方格的,牙齿咬着一支细长的香烟。进门后,那男子站在门边睁大眼睛找人。淳于白旁边有一只小圆桌。小圆桌旁边坐着一个年轻女人。这个年轻女人穿着长短袖的新潮装,牛仔裤的裤脚好像用剪刀剪开的。

用牙齿咬着细长香烟的男子走到这个女人面前,拉开椅子坐下。

"肥佬走了?"年轻男子将话语随同烟雾吐出。

"走了半个钟头。"女人用食指点点面前那杯咖啡,"这是第三杯!"

那年轻男子依旧用牙齿咬着细长香烟,脸上一点表情也没有。

"拿到没有?"他问。

"只有五百。"

"肥佬不是答应拿一千给你的?"

"他说:赌外围狗①输了钱。"

年轻男子脸上出现怒容,连吸两口烟,将长长的烟蒂揿熄在烟灰碟中。当他再一次开口时,话语从齿缝中说出:

"他答应拿一千给你的!"

"有什么办法? 他只肯给五百。"女人的语气也有点愤怒;不过,脸上的神情却好像在乞取怜悯。

"对付肥佬那种家伙,你不会没有办法。"

---

① 外围狗,赛狗的外围赌博形式。当年主要是透过娱乐场所(如酒吧)收受赌注的。

"钱在他的袋中,我不能抢。"

年轻男子霍地站起,低头朝外急走。那女人想不到他会这样的,忙不迭追上前去,却被伙计一把拉住。她问:"做什么?"伙计说:"你还没有付钱。"女人打开手袋,掏了一张十元的钞票,不等找赎,大踏步走出餐厅。淳于白望着那个女人的背影,不自觉地露了一个似笑非笑的表情。然后注意力被一幅油画吸住了。那幅油画相当大,两呎乘三呎左右,挂在糊着墙纸的墙壁上。起先,淳于白没有注意到那幅画;偶然的一瞥,使他觉得这幅画的题材相当熟悉。那是巴刹①的一角。印度熟食档边有人在吃羊肉汤——热带鱼贩在换水——水果摊上的榴梿——提着菜篮眼望蔬菜的老太婆——斗鸡——湿地——凌乱中显示浓厚的地方色彩。这是新加坡的巴刹。淳于白曾经在新加坡住过。住在新加坡的时候,常常走去巴刹吃排骨茶。尤其是星期日,如果不走去蜜驼律②吃鸡饭的话,就会走去巴刹吃排骨茶。

现在,他听到姚苏蓉的歌声了。姚苏蓉,一个唱歌会流泪的女

---

① 巴刹,指市场、集市,马来文 pasar 的音译。专家考证 pasar 这个词源自波斯文。

② 蜜驼律,英文即 Middle Road,中译为蜜驼路。"律"是英文 road(路)的音译。

人。当她公开演唱时,有人花钱去听她唱歌;有人花钱去看她流泪。这是一个缺乏理性的地方,许多人都在做着不合理性的事情。流泪成为一种表演,大家都说那个女人唱得好。

坐在上海舞厅里听吴莺音唱《明月千里寄相思》,与坐在香港餐厅里听姚苏蓉唱《今天不回家》,心情完全不同。心情不同,因为时代变了。淳于白怀念的那个时代已过去。属于那个时代的一切都不存在了。他只能在回忆中寻求失去的欢乐。但是回忆中的欢乐,犹如一帧褪色的旧照片,模模糊糊,缺乏真实感。当他听到姚苏蓉的歌声时,他想起消逝了的岁月。那些消逝了的岁月,仿佛隔着一块积着灰尘的玻璃,看得到、抓不着。看到的种种,都是模模糊糊的。

一个脸色清癯的瘦子带着一个七八岁的男童走进来。起先,他们找不到座位;后来,淳于白旁边那只小圆台边的食客走了,他们占得这个位子。

"我要吃雪糕。"男童说。

"不许吃雪糕。"瘦子说。

"我要吃雪糕!"男童说。

"不许吃雪糕!"瘦子说,"你喝热鲜奶!"

"我要喝冻鲜奶。"男童说。

"不许喝冻鲜奶。"瘦子说。

"我要喝冻鲜奶!"男童说。

"不许喝冻鲜奶!"瘦子说。

瘦子向伙计要了热鲜奶与雪糕。他自己吃雪糕。男童忍声饮泣,用手背擦眼。

"不许哭!"瘦子的声音很响。

"我要阿妈。"男童边哭边说。

"到阴间去找她!"瘦子的声音依旧很响。

"我要阿妈!"男童边哭边说。

"你去死!"瘦子的声音响得刺耳。

好几个食客的视线被瘦子的声音吸引过去了。瘦子不知。那个用手背擦眼的男童也不知。

"我要吃雪糕!"男童边哭边喊。

"不许吃雪糕!"瘦子恶声怒叱。

"我要喝冻鲜奶!"男童连哭带喊。

"不许喝冻鲜奶!"瘦子恶声怒叱。

"我要阿妈!"男童连哭带喊。

"你去死!"瘦子的声音响得刺耳。

男童放声大哭。瘦子失去了应有的耐性,伸出手去,在男童头上重重打了一下。男童大哭。哭声像拉警报。瘦子怒不可遏,站起,将一张五元的钞票掷在台上,抓住男孩的衣领,用蛮力拉他。男童蹲在地上,不肯走。瘦子脸色气得铁青,睁大怒眼对男童呆望片刻,忽然松手,大踏步走出餐厅。男童急得什么似的,站起身,追了出去。这时候,伙计将一杯雪糕与一杯热鲜奶端了出来,发现瘦子与男童已不在,有点困惑。

"走了。"淳于白说。

"走了?"伙计问。

"桌上有五块钱。"淳于白说。

伙计耸耸肩,拿走五块钱,交给柜面,然后将雪糕与热鲜奶端到里边去。

四个上海女人在口沫横飞地谈论楼价。她们谈话时声音很大,别人也许听不懂,淳于白却听得清清楚楚。甲女正在讲述排队买楼的经过。她说:"天没有亮,我就去排队了;排了几个钟头,还是买不到。"乙女说:"我的姨妈,去年在湾仔买了五层新楼,每层两三万,现在每层涨到十几万。"丙女说:"楼价为什么涨得这么高?"甲女耸耸肩:"谁知道?"丁女说:"九龙有一个地方出售楼花,有人连面积与方向都没有弄清楚,一下子买了十层。"乙女说:"香港真是一个古怪的地方,有些人什么事情都不做,单靠炒楼,就可以得到最高的物质享受。"丁女说："依我看来，炒楼比炒股票更容易发达。"甲女说："对，你讲得很对。炒楼比炒股票更容易发达。股票的风险比炒楼大，股票涨后会跌，跌后会涨；但是目前的楼宇只会涨，不会跌。"丙女说："话虽如此，现在的楼价已经涨得很高了。港岛半山区的楼宇，涨到几十万一层，即使普普通通的，也要二十万以上。"甲女说："楼价还会上涨的，香港地小人多。住屋的问题，一直没有彻底地解决。"甲女说："楼价涨得越高，买楼的人越多！"……

淳于白点上一支烟。

# 十六

亚杏躺在床上，凝视天花板。楼下那家唱片公司已经播送过很多张唱片了。大部分是姚苏蓉的唱片。"做了红歌星之后，"她想，"不但每个月可以赚一万几千，而且会有许多男人追求我。……许多男人。……许多像柯俊雄、像邓光荣、像李小龙、像狄龙、像阿伦狄龙那样英俊的男人追求。……这些男人会送大钻戒给我。这些男人会送大汽车给我。这些男人会送大洋楼给我。这些男人会送很多很多东西给我。……"

凝视天花板,天花板忽然出现聚光灯的照明圈。在这个照明圈中,一个浓妆艳服的女人手里拿着麦克风,在唱歌。这个女人长得很美。她的背后有几个菲籍洋琴鬼在吹奏流行音乐。奏的是《郊道》。亚杏很喜欢《郊道》这首歌的调子,她也会唱。有时候,全层楼只剩她一个人,就会放开嗓子唱《郊道》。她的《郊道》唱得不错。这个忽然出现在天花板上的女人也唱得不错。她有点好奇,仔细察看,原来那个拿着麦克风唱歌的人,正是她自己。

虽然从未有过醉的经验,却产生了醉的感觉。她是非常流连那种景象的,睁大眼睛,久久凝视天花板。天花板上的场景忽然转换了,一若舞台上的转景。那是一间布置得非常现代化的卧房。这种卧房,只有在银幕上才能见到。床很大,地板铺着地毯,四壁糊着鲜红夺目的墙纸,窗帘极美。所有家具都是北欧产品。那只梳妆台的式样很别致,梳妆台上放着许多名贵的化妆品。她坐在梳妆台前,细看镜子里的自己。镜子里,除了她之外,还有一个男子。那男子站在她背后。那男子长得很英俊,有点像柯俊雄,有点像邓光荣,有点像李小龙,有点像狄龙,有点像阿伦狄龙。那男子在笑。那男子在她耳边说了一些甜得像蜜糖般的话语。那男子送她一只大钻戒。不知道怎么一来,天花板上出现许多水银灯,那是摄影场。刚搭好的布景与现实鲜明地分成两种境界:假的境界极具美感，真的反而杂乱无章。导演最忙碌。小工们则散在各处。摄影机前有两个年轻人：男的有点像柯俊雄，有点像邓光荣，有点像李小龙，有点像狄龙，有点像阿伦狄龙。女的就是她。

"红歌星的收入也许比电影明星更多；但是，电影明星却比红歌星更出风头。"她想，"一部电影可以同时在十个地区公映，可以同时在一百家戏院公映。"

她见到十个自己。

她见到一百个自己。

天花板变成银幕。她在银幕上露齿而笑。她的笑容同时出现在十个地区，同时出现在一百家戏院的银幕上。

眼睛。眼睛。眼睛。眼睛。数不清有多少眼睛凝视她的笑容。这时候，楼下唱片公司又在播送姚苏蓉的《今天不回家》了。她也会唱《今天不回家》。她觉得做一个电影明星比做一个歌星更出风头。天花板上有许多画报。天花板上有许多报纸。香港映画。银色世界。南国电影。嘉禾电影。星岛画报。四海周报。星岛晚报。快报。银灯。娱乐新闻。成报。明报。每一种画报都以她的近影做封面。

母亲走进卧房来拿剪刀，脚步声使她突然惊醒。今晚吃饭时，将有一碗豆腐炒虾。那些虾，下锅之前，必须用剪刀剪一下。

"什么时候吃晚饭？"亚杏问。

"七点。"母亲答。

"七点半，行不行？"

"为什么？"

"我要去看电影。"

"五点半那一场？"

"是的，五点半那一场。"

# 十七

淳于白昂起头，将烟圈吐向天花板。他已吸去半支烟。当他吸烟时，他老是想着过去的事情。有些琐事，全无重要性，早被压在底下，此刻也会从回忆堆中钻出，犹如火花一般，在他的脑子一瞬即逝。那些琐事，诸如上海金城戏院公映费穆导演的《孔夫子》、贵阳酒楼吃娃娃鱼、河池见到的旧式照相机、乐清搭乘帆船漂海、龙泉的浴室、坐黄包车从宁波到宁海之类……这些都是小事，可能几年都不会想起；现在却忽然从回忆堆中钻了出来。人在孤独时，总喜欢想想过去，将过去的事情当作画片来欣赏。淳于白是个将回忆当作燃料的人。他的生命力依靠回忆来推动。

他想起了第一次吸烟的情景。那时候,二十刚出头,独个儿从上海走去重庆参加一家报馆工作。有一天,在大老鼠乱窜的石级上,一个绰号"老枪"的同事递了一支"主力舰"给他,烟叶是用成都的粉纸卷的,叼在嘴上,嘴唇就会发白。淳于白第一次吸香烟,呛得上气不接下气。那同事说:"重庆多雾,应该吸些香烟。"

给记忆中的往事加些颜色,是这几年常做的事。

邻座一个食客已离去,留下一份报纸。淳于白闲着无聊,顺手将那份报纸拿过来翻阅。电讯版大都是越战新闻;港闻版大都是抢劫新闻。这些新闻已失去新鲜感,使淳于白只好将注意力转在电影广告上。当他见到邻近一家电影院公映的新片正是他想看的片子,他吩咐伙计埋单。

# 十八

站在唱片公司门前,亚杏看到了许许多多唱片。每一张唱片纸套上印着歌者的彩色照片。亚杏很喜欢这些唱片,也很喜欢这些唱片的歌者。姚苏蓉、邓丽君、李亚萍、尤雅、冉肖玲、杨燕、金晶、贝蒂、钟玲玲、钟珍妮、徐小凤、甄秀仪、潘秀琼……

凝视这些彩色照片时,亚杏忽然见到了自己。那是一张唱片的纸套,与别的唱片纸套排列在一起。那张唱片名叫《月儿像柠檬》。纸套用彩色精印歌者的照片。歌者星目朱唇,美到极点。仔细端详,竟是她自己。这是一件难以置信的事情,然而她却见到了自己的唱片。她一直喜欢唱《月儿像柠檬》。她觉得这首歌的歌词很有趣。月亮像柠檬。一个像柠檬的月亮。这种意象,亚杏从未产生过。每一次抬头望圆月,总觉得月亮像一盏大灯。有了这首歌之后,她一再强迫自己将月亮与柠檬联在一起。她觉得自己最适宜唱这首歌,而且唱得很好。现在,在那些唱片堆中发现了一张由她唱出的唱片,又惊又喜,不自觉地跨入店内。站在柜台前,对自己的视觉全无怀疑。她伸出手去,将那张唱片拿到眼前一看,冷水浇头。那是赵晓君唱的《月儿像柠檬》。纸套上的彩色照片是赵晓君,不是她。

"唱给你听听?"店员的话打断她的思路。

她放下唱片,掉转身,仿佛逃避魔鬼的追逐似的,疾步走出唱片公司。

穿过马路,走向弥敦道。她想:"有一天,唱片公司会请我灌唱片的。"

突如其来的刹车声,使她吓了一跳。一辆汽车将一个妇人撞倒。

警察来了。

在汽车司机协助下，将受了伤的妇人抬到街角。这时候，妇人睁开眼来了。亚杏跟随人潮走到街边，见妇人已睁开眼睛，释然舒口气。

妇人仍在流血。警察拿了粉笔走入马路中心，将车子的位置与车牌号码写在路面。警察做好这些工作后，司机将车子驶在路旁。那些被阻塞的车辆开始行驶了。交通恢复常态。

# 十九

交通恢复常态时，淳于白站在对街。好奇心虽起，却没有穿过马路去观看究竟。他只是站在银色栏杆旁边，看警察怎样处理这桩突发的意外事件。三十几年前，当他还在初中读书的时候，在回家的途中，见前面有一辆电车即将到站，飞步横过马路，鞋底踩在路面的圆铁上，仰天跌了一跤。接着是刺耳的刹车声，知觉尽失。当他苏醒时，有人在厉声骂他："想寻死，也不必死在马路上！"——他用手掌压在地面支撑起身体，想迈开脚步，两条大腿仿佛木头做的。

现在，当他见到那个妇人被汽车撞倒时，视线落在对街，脑子却在想着三十几年前发生过的事情。"死亡并不是一件可怕的事情。"他想。三十几年前,他曾经在死亡的边缘体验过死亡的情景。

救伤车来到,使这出现实生活中的戏剧接近尾声。

## 二十

这出现实生活中的戏剧已接近尾声。亚杏抬起头来,顺着警笛声的来处望过去。警笛声虽然响得刺耳,但是,救伤车的速度并不快。

救伤车在伤者旁边停下。两个男护士抬着担架床走过来,先察看妇人的伤势,然后用担架床抬入救伤车。

亚杏低下头,看看腕表,离开场的时间还有十分钟。如果她想看那场电影的话,就不能浪费时间了。她迈开脚步,朝电影院走去。

## 二十一

淳于白轮购戏票时,亚杏走入戏院。虽然有些海报极具吸引力,亚杏见售票处有人龙,不敢浪费时间,立即走去排队。"必定是一部好电影,要不然,怎会有这么多的观众?"她想,"那男主角长得很英俊。"

# 二十二

"那女主角长得很漂亮,有点像年轻时的凯伦·希丝①。"淳于白的视线落在海报上。电影海报总是那样俗气的。"不过,女主角的容颜端庄中带些甜味,"他想,"凯伦·希丝主演《天长地久》②时,既端庄,又美丽,非常可爱。这部电影的女主角与年轻的凯伦·希丝很相似。"——想着三十年代的凯伦·希丝,不知不觉已挤到售票处。座位表上的号码,大部分已被红笔划去。淳于白见前排还有两个空位:"G46"与"G48"。后者是单边的,虽然距离银幕比较近,也算不错了。他伸出手指,点点"G48",付了钱。售票员收了钱,用红笔将"G48"划掉,然后在戏票上写了"G48",撕下,递与淳于白。淳于白望望海报上的女主角,怀着轻松的心情走入院子。带位员引领他到座位,坐定。他抬头一望,银幕上正在放

---

① 凯伦·希丝今通译海伦·海丝。
② 电影《天长地久》今通译《永别了,武器》。

映一种香烟的广告。

# 二十三

亚杏排在人龙中,见人龙越排越长,唯恐头不到戏票,有点焦躁不安。望望贴在墙上的海报,她想:"男主角长得英俊,有点像阿伦狄龙。如果不是因为男主角的叫座力强,就不会有这么多的人走来看这部电影了。"——视线一直落在男主角的脸上,仿佛男主角的脸是一件精致的艺术品。

排在亚杏前头的那个男子瘦得很,面孔清癯,呈露着病态的苍白。他的身边有一个男童。那男童的眼睛,红红肿肿,显然哭过了。

"我要吃雪糕。"男童说。

"刚才,在餐厅的时候,要不是因为你吵着要吃雪糕,我也不会发那样大的脾气。"瘦子的语气中含有显明的谴责意味,"刚才,雪糕也没有吃,热鲜奶也没有吃,白白送掉五块钱!"

"我要吃雪糕!"男童说。

"不许吃雪糕!"瘦子恶声怒叱,"再吵,就不带你看电影了!"

"我不要看电影,我要吃雪糕!"男童说。

"你又来了,可别惹我生气!"瘦子脸上的颜色白中带青。

男童侧转身子,睁大眼睛望着糖果部。那糖果部前面挤着七八个人,其中五六个是购买雪糕的。

"我要吃雪糕!"男童对瘦子说。

"不许吃雪糕!"瘦子恶声怒叱。

"我要阿妈!"男童又哭了。

"你去死!"瘦子的声音好像在跟什么人吵架。

男童听了瘦子的话,"哇"地放声大哭。这哭声引起许多人的注意。瘦子感到窘迫,所以恼怒。当他恼怒时,再也不能保持理智的清醒。在不受理性的控制下,他伸出手去,在男童头上重重打了一下。男童哭得像拉警报。瘦子抓住男童的衣领,将他拉出戏院。这一幕就在亚杏眼前上演,亚杏不能不对那个男童寄予同情了。"一个没有母亲的孩子,是无法从父亲处得到母爱的。"她想。过了三四分钟,轮到亚杏购买戏票。座位表上画满红线,使亚杏有点眼花缭乱,找不到一个未被红笔划去的空格。那售票员不耐烦地用那支红笔点点"G46",意思是:"这里有一个空位。"亚杏见空位不多,只好点点头,将钱交给售票员。

拿了戏票,走入院子。带位员引领她到座位。

# 二十四

她与淳于白并排而坐。

# 二十五

淳于白转过脸来望望她。

亚杏也转过脸去望望他。

淳于白想："长得不算难看，有点像我中学里的一个女同学。那女同学姓俞，名字我已忘记。"

亚杏想："原来是一个老头子，毫无意思。如果是一个像柯俊雄那样的男人坐在旁边，就好了。"

银幕上映出预告片，一个体态美丽的女人，赤裸着身子在卧室里走来走去。然后是衣柜的长镜。长镜里是一只床的映像。床上有一对男女。然后是一块不透明的玻璃。玻璃里边是浴室，一个女人站在花洒下面洗澡。然后是字幕："划时代巨构"，"切勿错过"，"奉谕儿童不宜观看"，"下期在本院隆重献映"。然后又是广告。当一种威士忌的广告出现在银幕上的时候，院子里顿时嘈杂起来。这种嘈杂使淳于白与亚杏同时意识到刚才的预告片曾经使全院子的观众屏息凝神。现在,银幕上再出现广告时,大家的情绪才由紧张转为松弛。

淳于白想:"既然儿童不宜观看,怎么可以在这部片子之前放映这种预告片?这部片子并不禁止儿童观看,但是,许多儿童看了刚才那段预告片。"

亚杏想:"这只老色狼刚才看预告时,头也没有动过;现在,又转过脸来看我了,真讨厌!"

# 二十六

银幕上出现女主角与男主角结婚的情景。亚杏神往在剧情中,陷于忘我的境界。虽然视线并没有给什么东西搅模糊,她却见到银幕上的女主角变成她自己了。她很美。她与男主角并排站在牧师的前面。牧师手里拿着一本圣经,叽里咕噜读了一大段。亚杏听不懂他在读些什么。即使不将注意力集中在自己身上那袭新娘礼服上,也听不懂。那袭新娘礼服,与刚才在服装店的橱窗里看到的完全一样。木头公仔穿的那袭新娘礼服用白纱缝成,薄若蝉翼。她认为:就算最丑陋的女人穿上这种礼服,也会美得像天仙。

何况，她长得一点也不丑。穿上这种衣服，当然有资格与这部电影的男主角结婚，她觉得银幕上的自己很美。尤其是换戒指的时候，羞答答的，非常可爱。

## 二十七

银幕上出现女主角与男主角结婚的情景。淳于白想起自己结婚时的情景，礼堂是长方形的。墙壁上挂满喜幛。几十桌酒席。每一桌酒席边坐着穿得整整齐齐的亲友。气氛很热烈。每一个人都相信这是一件快乐的事情。淳于白相信这是快乐生活的开始，新娘也相信这是快乐生活的开始。所有的亲友都相信幸福与快乐的种子已播下。所有的婚礼都是这样的。现在，当他见到男女主角在银幕上表演结婚时，忍不住笑了起来。这原是一件可笑的事。银幕上的一对新人喜气洋洋地奔出教堂，他笑出声来。

## 二十八

他的笑声使亚杏从一个梦样的境界中回到现实。银幕上的女主角已不是她了。她转过脸去，用憎恶的目光注视淳于白。"简直是一只老色狼，"她想，"见到人家结婚，就笑成这个样子。这场结婚戏，一定使他转到了许多龌龊的念头，要不然，怎会发笑？只有色狼才会这样的。"

## 二十九

银幕上映出"完"字时，亚杏站起身，随着人群走出戏院。

## 三十

随着人群走出戏院，淳于白在亚杏后边。

## 三十一

走出戏院，亚杏朝南走去。

## 三十二

淳于白朝北走去。当他朝北走去时，他见到一个男子手里拿着一根竹竿，上边用衫夹夹了许多马票。在马票中间，有一张红纸条。纸条上面写着"横财就手"四个字。他没有掏出两块一角去购买廉价的美梦，却因此想起了一件往事。那是二十年前的事了。那时候，他喜欢赌马。那时候，"空中霸王"是快活谷的马王。那时候，黑先生是最受马迷欢迎的骑师。那时候，公众棚的入场券只售三元。那时候，公众棚还没有改建。但是，那时候的马票每张也售两元。物价狂涨，马票的售价不涨。二十年前，中头奖的人可以独资建一幢新楼；现在，中了头奖，买山顶区一个单位的复式新楼也不够。……想呀想的，走到了巴士站。他打算回港岛去吃晚饭。

# 三十三

　　亚杏穿过马路，走回家去。当她经过一家酒楼门口时，对几帧歌星的照片瞅了一下。"有一天，我的照片也会贴在这里的。"她想，"做歌星并不是一件困难的事情。我会唱歌。我长得并不难看。我为什么不能变成一个红歌星？"

# 三十四

站在巴士站,淳于白感到饥饿。

# 三十五

亚杏走进大厦,士多的伙计亚财提着一只竹篮疾步追上前来。那竹篮里放着二三十瓶鲜奶。亚财总是在这个时候到上面去派鲜奶的。

等电梯的时候,亚财对亚杏露了阿谀的笑容。当他发笑时,脸相更加难看。

亚杏不笑。

亚杏讨厌亚财。

亚财很丑:酒糟鼻、葫芦脸、太阳穴上还有个瘢疤。

每一次见到亚财,亚杏总是板着面孔将视线移到别处。

电梯门启开。

亚杏走入电梯,亚财也走入电梯。

电梯里只有他们两个。亚财睁大眼睛凝视她。

亚杏昂着头,故意将视线落在电梯顶的风扇上。

风扇有铁网罩住。铁网上的尘埃,积得太多,像黑色的棉絮一般挂在那里。

"奇怪,"亚杏想,"风扇上不应该积这么多的尘埃。风扇开动时,有风,怎会积聚这么多的尘埃?"

"你在看什么?"亚财搭讪着问。亚杏继续将视线落在风扇上,不理他。亚财加上这么两句:

"你在看风扇?风扇有什么好看?你……"

亚财的话没有说完,电梯门启开。亚杏大踏步走出来,看也不看他。


# 三十六


淳于白站在巴士站,等过海巴士。

"海底隧道是一项伟大的工程,使港岛与九龙连在一起。过去,从九龙到港岛,或者从港岛到九龙,搭车搭船浪费的时间相当多;现在,从旺角搭乘巴士过海,无须一刻钟,就可以抵达铜锣湾。"——他想。

巴士来了。

上车。

将一块镍币掷入"车费箱",上楼,拣一个靠窗的座位。

巴士开动后,街景犹如活动布景一般在他眼前转动。

二十多年前,当他刚从北方来到香港的时候,这一带都是旧楼;现在,都已变成摩天大厦了。

"香港就是这样一个地方:空间少,人口多,楼宇不能不向高空发展。"——他想。

巴士继续沿弥敦道朝前驶去。

"单是向高空发展,也不能解除屋荒。政府必须向郊区发展,多建卫星市。在不久的将来,一定有更多的人移居卫星市。"——他想。

巴士拐弯。

"卫星市必会迅速发展。这种发展,使兴建地下铁路变成当务之急。没有地下铁路,住在卫星市的人唯有搭乘私家车或计程车或大小型巴士进入市区去工作。这样一来,交通的挤迫就变成另外一个问题了。"他想。

巴士朝红磡驶去。

"二十多年前,香港的人口只有八十多万;现在,香港已有四百多万人口了。二十多年前,红磡的新楼多数只有四层高;现在,那些新楼早已拆卸，改建多层大厦。纵然如此，仍不能减少屋荒的严重性。"——他想。

巴士驶抵红磡，朝隧道口驶去。

"二十多年前，从北方涌入香港的人，多数带了一些钱。初来时，个个怀着很大的希望，以为在这个华洋杂处的地方可以大展宏图；可是，过不了几年，房屋越住越小，车子越坐越大，景况大不如前。"——他想。

巴士驶到隧道口，停下。

"二十多年前，谁敢预言，巴士、货车、计程车、小型巴士与私家车可以在维多利亚海峡的海底疾驰。"——他想。

巴士在隧道疾驰。

"二十多年前，谁敢预言，从九龙到香港或者从香港到九龙，只需三分钟就够了。"——他想。

十分钟过后，他在北角一家菜馆吃晚饭。


# 三十七


吃过饭，亚杏扭开电视机。荧光幕显出映像时，那是一部国语电影。

不知道上半部的情节,当然不会对这部电影发生兴趣。

那部国语电影的男主角很英俊。亚杏见到英俊的男人就高兴。

# 三十八

吃过晚饭,回家。看荧光幕上的国语长片时,淳于白睡着了。

他梦见自己坐在一个很优美的环境里:有树,树上盛开着花朵,花很香。香气使这个优美的环境益具神秘感。淳于白不知道这是什么所在,只觉得它有点像公园。他坐在长凳上,亚杏也坐在长凳上。他们并排而坐,好像在电影院里看电影。

# 三十九

看完国语长片,上床。亚杏做了一场梦,梦见自己在一间没有墙壁的卧房里。这卧房的家具非常现代化,除了梳妆台、衣柜与沙发外,还有一只大床。所有的家具都是粉红色的。她与一个长得很英俊的男人躺在床上。她身上没有穿衣服。那英俊男子身上也没有穿衣服。这种情形,与那帧照片中的男女十分相似。那帧照片是她从路旁拾到的。那帧照片给她的印象很深。

# 四十

在优美的梦境中,淳于白与亚杏坐的长凳忽然变成床了,周围的树没有变。树上有花,花很香。淳于白嗅到的香味,可能是从亚杏身上发散出来的。亚杏刚才还穿着衣服,此刻则赤裸着身子,没有一样东西比少女的胴体更具诱惑力。淳于白变得很年轻,思想、感受、活力都是属于二十岁的。二十岁的淳于白常做这种事情。现在,他在梦中变成一个年轻人。

# 四十一

这是一种新的刺激,即使在梦中,她也能清晰感到这种刺激,她甚至感到了对方身体上的微暖。对于亚杏,这是前所未有的。她用热诚去接受这种前所未有的刺激。她的内心中好像有火球在燃烧。

# 四十二

淳于白从梦境中回到现实，天已亮，伸个懒腰，站起，走去窗边呼吸新鲜空气，初阳已击退黑暗。窗外有晾衫架，一只麻雀从远处飞来，站在晾衫架上。稍过片刻，另一只麻雀从远处飞来，站在晾衫架上。它看它，它看它。然后两只麻雀同时飞起，一只向东，一只向西。

一九七二年作

一九八一年二月二十四日校改

# 寺　内 (节录)

## 第　一　卷

那顽皮的小飞虫,永不疲惫,先在"普"字上踱步,不能拒绝香气的侵袭,振翅而飞,又在"救"字上兜圈,然后停在"寺"字上。

"庙门八字开"，故事因弦线的抖动而开始，"微风游戏于树枝的抖动中，唯寺内的春色始于突然。短暂的'——'，藐视轨道的束缚。"

下午。黄金色的。

檐铃遭东风调戏而玎玲；抑或檐铃调戏微风于玎玲中？

和尚打了个呵欠，冉冉走到门外，将六根放在寺院的围墙边，让下午的阳光晒干。这时候，有人想到一个问题：金面的如来佛也有甜梦不？

跨过高高的门槛。

那个踱着方步的年轻人，名叫张君瑞。

\*

"这里倒清静。"他想。

清静的大雄宝殿，很暗。一个女人的香味，加上另一个女人的香味，直扑过来，浓得像酒。

风不大，烛光却在黑暗中发抖。第一对绣花鞋踏过石板。第二对绣花鞋踏过石板。轻盈似燕子点水。是的，轻盈似燕子点水。

春在神坛底下打盹，忽然睁开眼睛。

\*

店小二说过的：

"普救寺里的蝴蝶也喜欢互相追逐。"

张君瑞来了。他看到两对绣花鞋。

*

不是童话。不是童话式的安排。那位相国小姐忽然唱了一句"花落水流红"。谁也不能将昨夜的梦包裹在宁静中。每一条河必有两岸。普救寺内的蝴蝶也喜欢花蕊。

"那个男子有一对大眼睛。"莺莺悄声说。

"那是一对饥饿的大眼睛。"红娘说。

"会说话的嘴。"

"怕老太太听到？还是怕那个年轻人听到？"

笑声胆怯如小偷，像一根无形的丝带，在金色的佛脸上兜个圈，与袅袅的青烟同时消失在黑暗里。欲望仍未触礁，张君瑞无意翻开书卷。

"这里倒清静。"他想。

*

那只二月天的小飞虫停在小和尚的头上。小和尚的头像剥去皮的地瓜。小和尚正在念经。小和尚眼前出现无数星星。欲念属于非卖品，诱惑却是磁性的。

张君瑞抵受不了香味的引诱；

63

小和尚抵受不了香味的引诱；

小飞虫抵受不了香味的引诱；

金脸孔的菩萨也抵受不了香味的引诱。

纵有落叶，敲木鱼的人也在回忆中寻找童年的好奇。烛光照射处，每一凝视总无法辨认鬼或神的呈现。

袈裟与道袍。

四大金刚与十八罗汉。

声与木鱼。

香火与灯油。

崔莺莺与张君瑞。

攻与被攻。

"那是一根会呼吸的木头。"小飞虫对菩萨说。菩萨有一个永远的微笑。

尖着嘴唇，"嗖"的一声，龙井与山泉的联盟，具有老实人的特质。那法聪的眼睛眯成一条缝。"师父赴祭了。"法聪说。

"角门后边的院子是禁地。"法聪说。

"崔相国有一个十九岁的女儿。"法聪说。

"……另外还有一个俏皮的丫鬟。"法聪说。

"普救寺的春天尚未消逝。"法聪说。

斜阳似小偷般蹑足潜入窗口，春未老。失去彩笔的书生，已忘记镇上小寡妇的眼泪与喜悦。这是非常美好的日子，微风一若纤纤玉手。今晚的月亮将在碧波中破碎吗？——他想。

感情像一根绳，忽然打了一个死结。

随风而去，余晖被夜色击退。年轻人的脚步染有幽香，袍角扑扑。拴在树上的马匹不会打呵欠，只会以蹄踩土。大殿上，灯火跳跃。月升时，最易想起蝴蝶与花蕊。

"风呀，明天将从何方送来喜悦？"

这是开始的终结。

*

潮湿的空气有泥泞的感觉。如果孤独也有颜色的话，不知道是黑还是灰。

这天晚上，年轻人做了一场梦，梦见一条线，如桥梁之沟通两点。

醒来，仍有依依。蝴蝶穿窗而入，共有两只。心更烦，应该到外边去走走了。站在田塍上，举目眺望，但见高耸的松树固执如宝塔。雀噪处，一座小桥上，白须老公公拄杖而过。

"如果我是一个绿林大盗，"他想，"自当纵身跃上屋檐，偷窥罗裙在夜风里怎样舞蹈。"

风景侵略眼睛。情感疾奔。美丽的东西必具侵略性。

# 第 二 卷

美丽的东西必具侵略性。那对晶晶的眼睛，那张小嘴，喜悦似浪潮一般，滚滚而来，隐隐退去。

寂寞凝结成固体，经不起狂热的熏烤，遽尔溶化。普救寺的长老喜欢读书人，明知书生已失落毛笔，却不能抵受白银的诱惑，拔去西边厢房的铁闩。——这是几天前的事，固体早已溶化。那个名叫张君瑞的年轻人必须对羞惭宣战，以期克服内心的震颤。

*

将一颗心折成四方形，交给红娘。

*

笑靥似莲初放，一瞥等于千言万语。"大殿上有个年轻男人。"她说。

寺内太清静，仅老鼠在墙角咀嚼寂寞。莺莺也需要新鲜的刺激，心随声跳。

"那个眼睛很大的？"她问。

"那个眼睛很大的。"红娘答。

分不清人间与天上，又无力关上心门，用手指蘸了唾沫，轻轻点破纸窗。一瓣枯叶，从树梢旋转降落。微风，以小贼之蹑足，吻了纸窗小洞，潜入欲火熊熊的眸子。感情像根绳，打了个死结。

"陪我到大殿上去走走。"这句话，没有说出口。

微风轻拂脸颊，有欲念搭成意象的图案。大胆嗅辨羞惭时，彷徨与焦灼开始在心内捉迷藏。

不能囚禁青春秘密，魔鬼匆匆典押梦中的大胆。

日落。日出。道场为亡魂而做。鸟携秘密出笼。大殿的黝黯处，小飞虫在袅袅的香烟中迷失路途。

如来佛的斜睨与判官的笔误，都不是闹剧的原料。当无瑕的命运之神被奸污时，叹息茁长于惊诧。

法本长老不是红娘。张君瑞必须找红娘。

"小生姓张，名珙，字君瑞，奉贯西洛人氏，年方二十三，正月十七日子时生，未曾娶妻……"

还在笑，用手帕遮掩羞惭。欲念一若火上栗，未爆。聪明变成愚骏。真实变成虚伪。两颗心接吻时，另外一个自己忽然离开自己。

唰唰唰……

绣花鞋踩过长廊，宛如雨点落在湖面。温情躲藏在佯嗔与薄怒背后,窃笑书生也有未竭的痴狂。古梅下,有一方块阳光,没有风的时候,居然扬起万千尘粒。

疾步而去的红娘,想起水中之鱼。

呆立似木的张生,想起野猫在屋脊调戏。

袅袅香烟是菩萨手中的画笔,婀娜多姿,莫非有了画家的野心?"普救寺"内不会有女鬼筑墙的故事,放胆搬开感情的篱笆,伸手,抓一把颜色来。

檐铃玎玲。

抬头望天,澄澈的晴空,仿佛刚用刷子洗干净的。有一朵圆形的白云,肥肥胖胖,如果能够坐在上边,必生龙垫的感觉。

"只有傻瓜才上京赶考。"他想。

思念与心弦相拥于烛火跳跃时。生锈的野心偏逢月亮上升。

风声飕飕,满庭落叶在打转。

被沉寂包围的莺莺,心烦意乱,停下手里的针线,听檐铃玎玲。

"他说些什么?"莺莺问。

喜剧总在丫鬟的眼睛里上演,那眼睛有宝石之熠耀。

回答是:"小生姓张,名珙,字君瑞,本贯西洛人氏,年方二十三,正月十七日子时生,尚未娶妻……""妻"字万斤重,无力捺下心火的崔莺莺竟呆了半支蜡烛。

月光是抽象的锦缎,披在纸窗上。纸窗有人影,喜极。脚步唰唰,推窗又见一树葱郁。

夜风喜述桃色故事,却无力揭去魔鬼的面纱。魔鬼无所不在,永不停步。大自然的叹息,常在夜间摘去鲜花。

那份感情,浓得必须加水。

那份感情,熟得太早。

从梦中踱步而回的,名叫"现实"。

隔一堵墙。

这边是西厢,那边是花园。这边是张君瑞,那边是崔莺莺。这边是馋嘴的欲望,那边是会捉老鼠的猫。

睁眼凑在时间的缺隙边,欲穷明日之痴狂。岑寂的园子,喃喃的祈祷声中,有关不住的秘密夺门而出。陈旧的过程,虽不新鲜,却掺杂着糖的滋味。早熟的情感是透明的,无须更多的解释。

棒香虽已燃起久沉的热情,也悟不出月光为何洁白似银的道理。一声虫鸣,一丝风。最真实的东西,在月光底下竟没有影子。

老槐树说:这个女人一定知道他躲在太湖石边。

古梅说:不一定。

老槐树说:她的第三愿是故意讲给那男子听的。

古梅说:但是她没有说出来。

老槐树说:不说更妙。

古梅说:你的意思是这个女人在引诱那个男子?

老槐树说:一开始就是这样的。

古梅说:明明是那男子先吟诗。

老槐树说:她又何必依韵吟和?

古梅无言。腐霉的回忆中没有新鲜,只有希望是七彩的。小红娘听到破寂的轻步,猛吃一惊。崔莺莺微笑,心中暗忖:

"月亮会圆的。月亮一定会圆的。"

心与心的邂逅,必须负担感情的庞大支出。烛火做荒诞的跳跃,寂寞者蓦地想起虾舞。笃笃笃……大殿仍有木鱼声,证明耐性的持久。乱步在思想的道路上踩过,睡神启开大幕,水珠滚滚,希望穿上湿衫。

这是第一夜。


# 第 三 卷


叮——咚——叮咚。

弦线为故事的发展而抖动。

＊

脱去爱的外衣，两个身体驮负一份忧虑。张君瑞推开纸窗，太阳尚未用金黄涂抹黑夜。有小和尚轻步而过，这是做好事的日子。敲敲五更，雄鸡将贪睡的太阳唤醒。

灰色夹侵略者的野蛮出击。

幡帜与晨风共舞，道场开始。拈香者别有用心，打钟敲鼓的和尚们也有贪婪的眼睛，明眸似宝石，酒窝常在瞬息间呈现，细细探寻生命的意义，所悟也不透彻。

蓦然的心悸，始于视线接吻时。

法本长老在佛前撒谎，崔夫人泫然带走太多的问号。小飞虫从张君瑞的头上飞到崔莺莺的头上，钟声挑起痴狂。

香烟袅袅中，有无声的对白。

（你为什么对红娘说那番话？）

（我喜欢你左颊上的酒窝。）

（莫非看透了我心境萧索？）

（没有别的意思，只想诱出禁锢的秘密。）

（为什么躲在太湖石畔看我烧香？）

（我看的是你，对烧香并无兴趣。）

（为什么要说，不见月中人？）

（因为知道你无计度芳春。）

（你再挖苦人，我就离开大殿了。）

（我来问你：那第一炷香，愿亡父早升天堂；那第二炷香，愿中堂老母延年益寿；那第三炷香呢？）

两颊红通通的，不能掩饰疯狂与痴娇。小飞虫最顽皮，飞过来，飞过去。红娘的眼睛等于一千句话。张君瑞必须用扇子扇去青烟。

（那第三炷香呢？）

年轻人有纯洁的感情。年轻人有完整无缺的感情。已逃遁的恐惧，将使奇异的花朵苗长自渐次扩大的欲念。

凝视似箭，再一次射中崔莺莺的两颊。张珙虽非猎者，却设下陷阱。

（为什么不答话？）

（你早已知道了？）

坐在神龛里的菩萨，抵受不了美丽的引诱，见到一对不能前往西方乐土的年轻男女，双目定睛，钦羡猎者的幸运，骤然想起远方的红叶子树。

红与绿。热与冷。夏与冬。

大雄宝殿的调情。

包不住熊熊欲火。佛说:有因有缘的,就会生长。

春风吹开心门,"呀"的一声,但见爱情坐在里边微笑。有人开口了:

"请夫人小姐回宅。"

*

夜有太多的眼睛。

张君瑞在墙左的西厢房;崔莺莺在墙右的别院里。晚风穿过珠帘,东张西望。莺莺的叹气具有浓厚的古典味,解衣后,帐檐上的流苏,索索发抖。

(那墙并不高,他为什么不跳过来? 她想。)

(那墙并不高,他为什么不跳过来? 她想。)

(那墙并不高,他为什么不跳过来? 她想。)

思想似浪潮,滚滚而来,隐隐而去。然后又滚滚而来,隐隐而去。一来一往,一往一来……永不间歇。

夜风在芭蕉的手掌上踱步,月亮总爱偷听荒唐的梦呓。流星掉落在夜空,寺内的白猫仍在厨房门口嗅舔鱼腥。

黑夜是太阳的儿子。

*

莺莺在梦中追寻新鲜。

一对会说话的眼睛。红色与绿色。如来佛的笑容,摇扇的年轻人。月色溶溶夜。花阴寂寂春。墙。墙。墙。墙似浪潮。般若波罗蜜多。"小生姓张,名珙,字君瑞,西洛人氏,年方二十三……"净土。院中有两枝古梅。喝第四杯酒。琴与剑。盘花的对白。红裙。大"囍"字。拜堂。花烛的火光在微风中跳跃。帐内的调笑。欢乐于一瞬。魔鬼最怕白色与光。

邂逅。妖怪一再打呵欠。虹上的足印。喜鹊成千成万。天庭也有隔河对唱。……

张君瑞在梦中追求新鲜。

一对娇艳的眸子。蓝色与紫色。如来佛有两只大耳朵。蹑手蹑足的闺阁千金。兰闺深寂寞。无计度芳春。墙。墙。墙。墙似高山。南无阿弥陀佛。"夫人郑氏,带着一位十九岁的小姐,名唤莺莺,字双文……"极乐世界。院中虫鸣唧唧。喝第二杯龙井。针与线。珠帘的狂笑。题着"清风徐来"的折扇。大"囍"字。拜堂。贺客们喜作猥亵的调侃。床前两对鞋。所有的忧愁全忘记了。魔鬼最狡狯。意外的邂逅。妖怪在黑暗中舞蹈。湖面上的疾步。喜鹊搭成一座桥。牛郎欣然越过银河。……

\*

一堵墙等于一把刀,将一个世界切成两个。寺内的岁月,又让寂寞啮去。少女叹息于无力反抗,流泪时,乃有老妪心情。每一次新梦,张君瑞总是拿着一把折扇。

云层拦阻阳光。

不断暗杀时间的人,有欲望似脱缰之马。病倒后,不进茶饭。思想正在偷窥远方的诺言,醒来又恨梦境易逝。

红娘并不焦急,老夫人紧蹙眉尖。法本长老识医道,一剂汤药酽酽如酱油,赶不走心内妖魔,而情感已变色。

把脉难究病因,法本长老莫辨红尘中的喜哀。小红娘掩嘴窃笑,看到心魔的舞蹈,明知是爱情游戏,也不发言。

爱情没有重量,一若羽毛轻浮,飘到时间的另一端,又发现顽固者做了太多的浪费。

"红娘,我会死吗?"莺莺问。

"你将活得比蝴蝶更快乐。"红娘答。

"为什么?"

"因为你的心已被别人窃去。"

两颊又起红晕,狂想忽然征服悒郁,美丽的微笑,遂出现在酽酽如酱油的汤药中。

"今天晚上,陪我到花园里去烧香。"她说。

红娘耸耸肩,怀疑神仙是否已听到第三个愿望。

# 第 四 卷

消息有如火,脆弱的感情骤然变成木料与纸。一切优美的东西,纷纷出现裂痕。空气是拉紧的弓弦,那贪睡的宁静蓦地睁开眼睛。小飞虫迅速振翼,始终未能飞越那个无形的圈子。这是恫栗。难道它也了解法聪的话意。

"大祸临头了!"法聪和尚对长老说。

"大祸临头了!"长老对老夫人说。

"大祸临头了!"老夫人对崔莺莺说。

眼睛如问号,有彷徨的惊奇加速心轮之旋转,理性失踪,止水掀起波涛。夫人是常常流泪的,泪水有时候代表忧虑。

"丁文雅是个糊涂将军。"法本长老说。

"丁文雅有个部将,名叫孙飞虎。"老夫人说。

"孙飞虎率领五千贼兵。"法本长老说。

"五千贼兵将整个普救寺团团围住了。"老夫人说。

"孙飞虎是个色鬼。"法本长老说。

"他要我的女儿做他的压寨夫人!"老夫人说。

"孙飞虎是个贼!"法本长老说。

"所以不能做他的压寨夫人。"老夫人说。

"不做压寨夫人，普救寺必定片瓦不存。"法本长老说。

"怎么办！怎么办？怎么办？"老夫人说。

心绪烦乱，似夏日之骤雨。持伞的理智，不能抵挡恐慌的侵袭。辨不出东南与西北，拔草又见珍珠。

"为了阿妈，我愿做贼妻。"莺莺说。

"为了亡父的灵柩，我愿做贼妻。"莺莺说。

"为了欢郎的继续生存，我愿做贼妻。"莺莺说。

"为了寺内三百和尚，我愿做贼妻。"莺莺说。

"为了保存这座普救寺，我愿做贼妻。"莺莺说。

坚决孕育自坚决，情感第一次脱轨。她想忘掉摇扇而来的年轻人；但是摇扇而来的年轻人却忘不了她。心如刀割。跛足的爱情在森林中迷失路途。

铁的决心。铁的意志。

长老拟用钢刀制造奇迹，圣者亦流仁义之血。舞剑人常在梦中格斗，此刻也想知道殿前的交战是否会使菩萨皱眉。

老夫人缺少一对观剧的眼睛，许下慷慨的诺言：

"不论僧或俗，能退贼兵的，就将莺莺嫁给他——"

是鱼饵？是谎言？是引诱？是包着糖衣的毒药？

诺言有如燃烧物体,向每一个角落蔓延。意志与剑锋的对抗,寺外的狂人仰天大笑。

"我有办法!"

书生克服内心的怯懦,挺身也有英雄姿。

低头掩不住喜悦,有童话里的神仙将梦境点化成现实。

"原来就是他。"

如光芒诞生于黑暗,闺阁千金遂将秘密妥存锦盒。

"孙飞虎!"法本声似裂帛,"小姐孝服在身,三日后才可行礼,请退一箭之地!"

*

笔锋挡五千大刀于寺外,书信为远方的援助而写。远山烟雨迷糊,骑白马的将军尚在帐内捕捉未来。誓言第一次加色,僧侣们个个卷起衣袖。

圆圈。圆圈。圆圈。

起点始自终点。终点落于起点。聪明人不善解剖,两个圆圈的幻变永不单纯。

三百条会呼吸的木头,唯偷酒的和尚最有戆气。

"你去?"法本问。

"送我三十个馒头馅与两斤绍酒。"惠明说。

愚直如春笋之苗长，大胆者惘然于圆圈的紧箍。酒是勇气的催生者，启开后门，刀光共担肩上寒冷。

圆圈。圆圈。

圆圈因妥协而切断。

孙飞虎贪得梦中珍馐，捧住明日之红裙狂吻不已。月亮走去远方拜客，星星在困倦中眨眼。

*

燃香者探取新鲜于第三愿，长期囚禁使欲望也发清香。夜仍宁静，圆圈外边有大胆的希冀，圆圈里边有大胆的希冀，仅侧身而卧的年轻人，仍用碎片织成美梦。

"她是我的了。"他想。

古梅不会求偶，唯琴剑是天生的一对。枯萎的情感再次发芽，线装书里的青山与流水经常藏有太多的系念。蜘蛛仍在工作，寺内只有轻步与耳语。

心思如镜，热情的年轻人遂萌跳墙之念。空间隔开三颗心，魔鬼将多角的美梦投入火焰，看它怎样变成灰烬。

惊惧是透明体，谁也不能掩饰。

愉快与紧张对峙时，过了河的车马与炮也不会预知二十世纪的扭腰舞。

荒谬的今夜。指引者错将灯笼赠与盲者。

孙飞虎盗得爱情的赝品，让它在酒液中游泳。酒液掀起波澜，不是被风吹起的——而是笑声。

（过三天，那娇媚的崔莺莺就要与我共枕了。他妈的，咱一定吻她的乳房，吻得她笑声咯咯。这相国的女儿不必搽香粉，滑腻的胴体本身就是一种秘密。没有人见过她的胴体，只有她自己。他妈的，这就是咱孙飞虎的福气了！咱孙飞虎什么样的女人没玩过，白的、黑的、胖的、瘦的、高的、矮的、老的、小的、美若天仙的、丑若妖怪的……总之，什么样的女人，咱孙飞虎全玩过了。可是……可是……可是这个崔相国的女儿，这十九岁的闺阁千金，应该算是异味了，不能不教她知道咱孙飞虎的厉害！）

酒有荒诞的味道，野心者将空想折成三角形。思想在一个奇异的境界里捉迷藏，梦未破。

荒谬的今夜。夜在孕育胆量。

崔莺莺用手抚摸自己的胴体，爱上了自己。她是因为爱自己才向张珙挑战的。

（他是一个读书人，她想。读书人在床上的疯狂必使孔子流泪。)

（孙飞虎是一个粗人，她想。粗人的动作可以想象得到。)

（所以，她想，为了满足好奇，应该祈祷白马将军早日来临。)

女孩子第一次患了怜己狂，感情在发炎，窗外传来檐铃玎玲，还当是越墙而来的足音。明日会有阳光吗？且听下回分解。

没有距离。没有空间。两个梦，携手舞向空间。梦的内容永远是荒唐的，寻梦者在梦中做了另外一场梦。前边是一条幻想的道路。

希望是一支蓝色蜡烛，点燃后，有翼的光芒四处乱飞。

懦怯的眼睛在梦中捕捉古代的诗句，走错方向倾覆了爱情之巢。爱情与憎恨是一对孪生子，吻为热情而存在。

有一艘小船在泻满月光的空间飞行，不是寻找嫦娥，却急于与海神聊天。对于久处月宫的嫦娥，美丽与叹息都是浪费。

# 陶　瓷(节录)

## 15

卖掉"白毛女"后，士甫恢复逛瓷庄。他希望以低廉的价钱买回一套。但是，走遍港九各瓷庄，仍无法使愿望成为事实。

有一天下午,士甫偕同素珍走去一家国货公司参观瓷器,找不到一具值得购买的陶瓷公仔。士甫问售货员:

"你们有'白毛女'出售吗?"

"仓库有一套;不过,那是非卖品。"

听了这话,士甫想起两三年前曾经见过的"收租院"。那套"收租院"也是石湾公仔,不施釉彩,与"白毛女"一样具有高度的雕塑艺术,只是塑像的数目比"白毛女"更多,有五十头左右。

"两三年前,你们这里曾经陈列过一套'收租院'?"

"不错。"

"现在这套'收租院'还放在仓库里?"

"有两套。"

"可以卖一套给我吗?"

"你买'收租院'有什么用途?"

"收藏。"

售货员不再说什么了。士甫不知道他的沉默代表什么意思,问:

"'收租院'要卖多少钱?"

"三千。"

听说三千,士甫顿时兴奋起来。前些日子,有人告诉他:"美国人曾经以十万元的高价买了一套'收租院'回去。"现在,听了售货员的话,才知道十万元搜购"收租院"的说法是谣传。士甫以五百八十元买来一套"白毛女",竟以三千元转卖给别人。如果以三千元购买"收租院"的话,实际付出的价钱只不过五百八十元。用五百八十元的代价买到"收租院",当然非常便宜了。

"我想买一套'收租院'。"他说。

售货员摇摇头,表示无意出售;却没有说出理由。

走出国货公司时,士甫对素珍说:

"那'收租院'既然有定价,为什么不肯卖给我们?"

素珍叫士甫打电话给容成。

走进一家茶餐厅,坐定,向伙计要了饮料后,士甫走去打电话。他将经过情形讲给容成听。容成说:"'收租院'是一套极具艺术价值的泥塑像,应该让大众欣赏,不应该由私人收藏起来。照理,这套'收租院'有四五十头之多,定价不会这样低的。卖三千元,不在牟利,而且希望买主购得后,经常给人欣赏。"

"那么,"士甫问,"什么样的人才能买到?"

"譬如说:学校买去后放在图书馆里,或者社团买去后放在大厅中,或者出口商买去后运往外国展览。……"

"商店选择买主的事情,我还第一次听到。"士甫说。

"这也难怪，"容成说，"'收租院'并不是大量生产的，听说总共不过几十套，情形与'白毛女'一样。"

"我的那套'白毛女'卖给别人了。"士甫说。

"什么?"容成问，"将'白毛女'卖掉了? 为什么?"

"有人出三千高价向我购买。"士甫说。

"这就非常可惜了。"

"我这套'白毛女'买来时只花五百八，现在以三千元卖出，一转手赚了两千四百二，没有理由不卖。"

"赚钱是事实;不过，'白毛女'比'收租院'更难买到，现在，如果你想买回一套'白毛女'的话，别说三千，即使肯出六千，也不一定买得到。"

"话虽如此，"士甫说，"我可以拿三千块钱买'收租院'的。'白毛女'只有二十二头，'收租院'却有四五十头，用'白毛女'换得'收租院'，当然是划算的。"

"问题是，能不能买到'收租院'?"容成问。

"我可以对国货公司说是出口的。"

"国货公司要为你装箱寄出时，你怎样说?"

"那'收租院'既有定价，总有办法可以买到。"士甫说。

"不一定，不一定。"说了这两句话之后，容成将电话搁断。

士甫回座,将容成讲的话转述给素珍听,素珍说:"这样说来,那套'收租院'不容易买到了。"

"我曾经见过那套'收租院'的,做得非常生动,每一个塑像都有突出的表现。"

素珍呷了一口茶:"这'收租院'与'白毛女'一样,与寻常的陶像不同,绝不是随便什么地方都可以买到的。依我看来,你还是死了这条心吧。再说,'收租院'有四五十头,占据的空间比'白毛女'大一倍,就算给你买来了,也没有地方存放。"

士甫取出烟盒,点上一支烟:

"现在,我有点后悔了。"

"后悔什么?"

"悔不该将那套'白毛女'卖给别人。"

"一套'白毛女'就赚了两千多块钱,应该算是幸运了;不过,千万不要以为每一具陶瓷公仔都可以赚钱的,"素珍说,"事实上,陶瓷公仔的价格虽在上涨,买进来容易,卖出去相当困难。"

"'白毛女'不是卖出了?"士甫问。

"这是偶然的情形,"素珍说,"那瘦子并不是走来买'白毛女'的。要不是因为孩子吵成那个模样,瘦子绝对不会以那么高的价钱购买的。"

"我的看法与你不同,"士甫说,"瘦子不是一个傻瓜,那套'白毛女'要是做得不好的话,他也不会付这么高的价钱购买的。"

素珍还是不肯接受士甫的解释;不过,她也不说什么了。当他们走出茶餐厅的时候,士甫提议到深水埗去看看。素珍问:

"到深水埗去做什么?"

"深水埗有几家瓷庄,陈列品相当特别,我们已有相当多的时日没有走去参观了,可能会有意想不到的收获。"

"你还想买陶瓷公仔?"

"只要是好的陶瓷公仔,我还是要买的。"士甫说。

素珍无意扫他的兴,只好陪他到深水埗去。士甫对陶瓷的着迷,已到了不易解释的程度。若说士甫搜购陶瓷公仔的目的是为了赚钱,看来也未必尽然。

在深水埗的一家瓷庄里,他们见到一套十四时的"八仙"。这套"八仙"是"全美"的,一点瑕疵也没有。士甫家里的那套"八仙",是一呎高的,要是齐全的话,价值相当高。这套"八仙"十四时高,士甫夫妇走遍港九瓷庄,从未见过。对于他们,这是一个"发现"。

"卖多少钱?"士甫问。

"四千五。"店员说。

这价钱,实在不能算贵。理由是:一呎高的"八仙",时价在五千以上。十四时的"八仙",比一呎八仙更名贵。

"能不能减少一些?"士甫问。

"不能减少了,"店员说,"这还是旧价钱。依照目前的市价,这套'八仙'至少要卖六七千!"士甫耸耸肩,掉转身,准备同素珍到别家瓷庄去参观。那店员忙不迭追上前来,问他:

"你想减多少?"

"最多给你两千五!"士甫答。

"四千四!"

士甫知道素珍不赞成买这套"八仙",听了店员的话,趁此大踏步走了出去。走到瓷庄门口,那店员再一次自动削价:

"四千二!"

士甫摇摇头。

店员疾步走到士甫面前唠唠叨叨向他解释这套"八仙"的好处。士甫眉头一皱,直截了当对他说:

"价钱太高,买不起!"

"你给多少?"

"刚才不是已经跟你讲过:两千五。"

"两千五的价钱实在太低,"店员说,"如果你有心买的话,四千元卖给你!"

"两千八。"士甫说。

"三千七!"店员说。

士甫正要开口,却被素珍截住话头。

"将这套'八仙'买回家去,放在什么地方?"素珍问。

"总有地方可以放的。"士甫爱理不理答了这么一句。

"你说,放在什么地方?"

"这是小问题,回到家里再研究。"

"这是必须解决的问题,"素珍说,"不解决这个问题,我是不会同意你买这套'八仙'的。"

"价钱还没有讲好,何必研究这个问题?"

"在讲定价钱之前,必须先解决这个问题。"素珍说。

士甫眉头一皱,用手指搔搔后脑勺,压低嗓子说:

"放在书架上。"

"那套百科全书呢?"

"再到报馆去刊登一个小广告,将它卖掉算了。"

"广告刊出后,我又要成天忙着听电话了。"

"这是没有办法的事。"

"何必一定要买这套'八仙'?"素珍问,"家里已有'八仙',何

90

必再买这一套?"

士甫并不答复素珍的问题,转过脸去,对店员说:

"给你三千元!"

"三千六!"店员说。

士甫摇摇头,挽着素珍的手臂,走出瓷庄大门,沿着人行道朝前走去,表示不愿意再加。走了十步左右,听到店员在背后大声嚷:

"三千五!"

士甫装作没有听见,挽着素珍的手臂继续朝前走去。走了十步左右,那店员放开嗓子嚷:

"三千二!"

士甫依旧装作没有听见,边走边用蚊叫般的声音对素珍说:"看样子,那套'八仙'可以买成了。"素珍不说什么,只是板着面孔加快脚步。

又走了十几步,士甫知道自己的猜测错误了。

"这倒是一件意想不到的事,"士甫说,"只差两百元,他竟不肯将那套'八仙'卖给我们!"

"不买也罢。"素珍说。

"但是,"士甫说,"这是十四时的'八仙'。"

"十四吋的'八仙'又怎样?"

"十二吋的'八仙'值五千,十四吋的'八仙'少说也要六七千。现在,他肯以三千二卖给我了!"

"十二吋的'八仙'值五千,十四吋的'八仙'值六七千,可能都是事实;问题是,买来之后有办法卖出去吗?

"再说,单以这套十四吋的'八仙'为例,市值在六七千左右,他们竟以三千二的低价卖给你了,足见市价与实际价格有相当大的距离。他们是开瓷庄的,绝不至于连瓷器的价钱也不清楚。从这一点来看,解释只有一个,这套'八仙'只值三千左右。"

士甫不同意素珍的看法。

"市价一定不会低过五千。"他用肯定的口气说,"那瓷庄肯低价出售,可能等钱用。"

素珍唯恐士甫走回头去购买那套"八仙",走到街口,说了这么两句:

"回家去吧,我还要买菜煮饭。"

士甫低头看腕表:"不如在外边吃了晚饭回去吧。现在,我们到别家瓷庄去看看,说不定会有其他的发现。"

这一区的瓷庄不多,而且并不是开设在一起的。当他们参观过一家瓷庄后,要走相当多的路,才能见到第二家瓷庄。因此,看过四家瓷庄的陈列品，素珍用不耐烦的口气说："吃饭去吧。"

因为想吃海鲜，两人雇一辆计程车，前往旺角一家海鲜酒家。吃晚饭时，士甫唠唠叨叨讲述那套十四吋"八仙"的好处：

"刚才应该将它买下来的。十四吋的'八仙'只卖三千二，走遍港九未必找得到第二套。这是一个好机会，绝对不能错过；否则，将来一定后悔。我想……"

"怎么样?"素珍问。

"吃过晚饭，走去买那套'八仙'。"

素珍眉头一皱，低头吃东西，不表示同意，也不表示反对。

吃过晚饭，雇车前往深水埗。坐在车厢里的时候，士甫口口声声说是那套"八仙"便宜。素珍显然是不赞成购买的；不过，士甫的态度这样坚决，她不便再说什么。车抵目的地，士甫大踏步走入瓷庄。

"给你三千一!"士甫说。

"不行，"店员说，"三千二是最便宜的价钱。"

"三千一百五?"

"少一个斗零也不卖。"

士甫对那套十四吋的"八仙"仔细端详一番，横横心，说了这么两句：

"好吧,给你三千二!"

店员打开玻璃柜门,将那套"八仙"小心翼翼地逐个取出,放在桌面。士甫佝偻着背,仔细察看这八具瓷像,看它们有何损伤之处。当他察看时,惊诧于瓷像的釉彩与线条之美,不得不承认景德镇艺人手艺高超。

包扎瓷像是一种艺术,稍不留神,碰断瓷像的手指,三千二的"八仙",可能连一千也不值。那店员当然是做惯这种工作的,用软纸包裹瓷像时,手法熟练,无须一刻钟,就将八具瓷像全部包好。八具瓷像,分装在两只装水果的纸盒里,用粗麻绳扎紧,即使摔在地上也不会破碎。士甫付钱给他,要他写发票。

搭车前往渡海小轮码头时,士甫的心情愉快。坐在渡海小轮上,点上一支烟。

"这套'八仙'真便宜!"他说。

素珍不开口。对于她,家里存放这么多的陶像与瓷像,无论怎样便宜,总是一件麻烦事。陶瓷与别的东西不同,稍不留神就会损伤。一具全美的瓷像比一具有损伤的瓷像,价值至少高四五倍。如果他们有一层面积相当大的楼宇,买些美术陶瓷放在家里,不成问题。但是,他们那层楼的面积实在太小,存放这么多的陶瓷器,不但不美观;而且极容易碰伤或摔破。

回到家里,士甫以极其愉快的心情打开纸盒,小心翼翼地将包裹在瓷像上的软纸拆去,一具又一具放在桌面。

八具制作精巧的瓷像,放在一起,美得很,使士甫再也不愿将视线移向别处。他甚至将那套"八仙"逐具拿起来察看。素珍说:

"别玩了,这套'八仙'是用三千二百元买回的,万一碰断一根手指就不值钱了!"

士甫放下手里的汉钟离,站起,走去厨房捧了一面盆清水出来。清水里放着一块抹布。

"做什么?"素珍问。

"这八具瓷像全是灰尘,在放入书架之前必须抹干净。"

"我认为还是不抹的好。"

"为什么?"

"抹瓷像最易碰断手指衣角,"素珍说,"这套'八仙'价钱贵,万一抹断瓷像的手指与衣角,岂不痛心?"

"这套十四吋的'八仙'做得非常精巧,抹干净之后,一定更美。"士甫固执地用手拧干毛巾,拿起韩湘子,非常小心地抹去瓷像上的灰尘。

抹好韩湘子,士甫睁大眼睛横看竖看。

"瓷像不能不抹干净。你看,现在多么美!"他说。

接着,拿起铁拐李。那铁拐李的灰尘特别多,必须浸在清水中洗一下,然后用抹布抹净。当他这样做的时候,蓦然大声叫了起来:

"糟糕!"

素珍吃了一惊,转过脸去问.

"怎么啦? 碰断手指?"

"不是。"

"既然没有碰损瓷像,为什么叫起来?"

"这只铁拐李是补过的!"

"补过的?"

"你过来仔细看看。"

素珍走过去,佝偻着背,仔细察看那具铁拐李,果然发现瓷像的颈间有一圈裂痕。裂痕虽不明显,却证明这具瓷像曾经碰断过颈部而重加修补。

"我必须过海去一次!"士甫说。

"现在?"

"是的,现在。"

"将这套'八仙'退还给那家瓷庄?"

"当然!"士甫满面怒容,"三千两百块钱买一套补过的'八仙',我们上当了!"

"再过十分钟就是十点了,过到对海,瓷庄可能已打烊。还是明天去交涉吧。"

士甫性急,说什么也要即刻过海。他说:"明天要返工,天黑之前抽不出时间。此外,事情必须早些办妥,要不然,瓷庄方面可能会找出别的理由来拒绝收回。"说着,拾起那些软纸,将那八具瓷像包好,分别塞入两只大纸盒,用麻绳一扎。素珍并不赞成即刻走去交涉,但是士甫坚持这样做,只好陪他过海。

赶到深水埗,瓷庄还没有打烊。士甫提着纸盒,大踏步走了进去。那店员见士甫怒气冲冲走进来,睁大眼睛投以惊诧的凝视。

"这只铁拐李是补过的!"士甫粗声粗气说。

那店员有如演戏一般,在士甫面前装腔作势:

"铁拐李是补过的?不会吧。"

士甫拆开纸盒从盒内取出铁拐李,拆去软纸,用手指点点铁拐李颈间的裂痕,说:"这是补过的痕迹!"

那店员将铁拐李接了过去,放在灯光底下,眯细眼睛,仔细端详。经过一番审察后,既不承认,也不否认,只说了这样一句:"进货时就是这样的。"

"这是你的事,"士甫继续粗声粗气说,"总之,补过的瓷像绝

不能卖这样高的价钱!"店员眉毛一皱,望望颈间有裂痕的铁拐李,抬起头来,问:

"你的意思怎么样?"

"退还给你们!"士甫说。

店员堆上一脸不自然的笑容,再一次开口时,声似蚊叫:

"不能退还。"

"为什么?"

"货物出门,概不退换。"店员加重语气说,"这两句话,在发票上印得清清楚楚。"

士甫的脸色顿时转青,说话时的声音比刚才更大:

"你们开店做生意,不能不讲道理! 补过的瓷像怎么可以当作全美的瓷像出售?"

"你讲这样的话,就不对了。"店员说。

"有什么不对?"

"我们卖这套'八仙'给你时,你曾仔细看过,你觉得满意,才付钱给我们的。"

"我看得不够仔细,是事实;不过,这只铁拐李曾经修补过,也是事实。你们将补过的瓷像当作全美的瓷像出售,是一种欺骗行为!"

"这套'八仙'你仔细察看过,怎能说是欺骗?"

士甫见店员的嗓子越提越高,不甘示弱,也大声嚷了起来。两人针锋相对,你一言,我一语,哗啦哗啦,吵得一塌糊涂。这种吵架不但引起了一部分路人的注意,还将瓷庄老板从睡梦中吵醒。瓷庄老板踉踉跄跄从后边走出,脸色苍白,两眼深陷,一望而知是个正在患病的人。

"什么事?"他问。

士甫知道他是瓷庄老板,当即将事情经过一五一十讲给他听。老板听了士甫的叙述,用平直的语调说:

"货物出门,概不退换。"

"但是,这只铁拐李是补过的。"士甫怒不可遏。

"这是你自己不小心,怪不得我们,"老板抖声说,"你在付钱之前,就该仔细看看清楚。"

士甫更加生气,放开嗓子怒责:

"你们用这种方法做生意,是欺骗行为!"

那老板正在患病,多站就会吃力,叹口气,重复刚才讲过的两句话:"货物出门,概不退换。"掉转身,走到后边去休息了。

望着老板的背影,士甫气得浑身发抖。那老板的态度是那样恶劣,使士甫恨不得走上前去捉住他一阵子揍打。

站在一旁的素珍，知道"谈判"已失败，唯恐士甫与店中人吵了起来，只好低声对他说：

　　"走吧。"

　　士甫只装没有听见，依旧倔强地站在那里。他的眼睛睁得很大，一眨不眨地望着前面。素珍再一次柔声对他说：

　　"回去吧！"

　　士甫不理素珍，走到店员面前，用鸡啼般的声音说：

　　"将钱退还给我！"

　　店员扁扁嘴，阴阳怪气答：

　　"货物出门，概不退换。"

　　"你们将补过的瓷像当全美的瓷像出售，是一种欺骗行为！"

　　"谁教你付钱之前不看看清楚？"

　　"这是次货，你们应该事先声明的；你们不声明，就是欺骗！"

　　店员嗤鼻哼了一声，走到里边去，双手捧了几块排门出来，走到门口，一块继一块沿着门槛塞好。然后又走到里边，又捧了几块排门出来，走到门口，以敏捷的手法做着同样的工作。士甫见到这种情形，怒火加油，脸上的表情比刚才更加难看。当店员上好排门回入店内时，士甫用身子拦住他的去路，粗声粗气说：

　　"将钱退还给我！"

"钱在老板手里,我没有办法退还给你。"店员说。

"好的! 我去找你们老板评理!"士甫大踏步朝里走去。这一个动作,显然出乎店员意料之外。那店员虽然说了这样的话,没想到士甫当真会到里边去找老板的。

老板在房内休息,见士甫像狂风似的冲了进来,吃了一惊。

"这是我的卧房,你怎么可以擅自闯进来?"老板抖声问。

"将钱退还给我。"士甫问。

"刚才不是跟你讲过了:货物出门,不能退换!"

"你们开店做生意,不能这样不规矩!"

"我们有什么不规矩?"

"将次货高价出售,当然是欺骗行为!"

"你不要在这里含血喷人,"老板脸色气得铁青,"那套'八仙'是你自己出钱买的,并不是我们强逼你买的!"

"那具铁拐李是次货,怎么可以高价出售?"

"这是你自己粗心,怪不得别人!"

"你们做生意太不规矩!"

"请你不要在这里胡言乱语,"老板抖声说,"我们店铺已经打烊了,你要是再在这里吵吵闹闹的话,可别怪我们不客气。"

"你打算怎么样?"

"你要是再在这里吵吵闹闹,我就要报警了!"

老板说出"报警"两个字,含有显明的恫吓作用,想不到士甫听了之后,竟放开嗓子对他说:

"好极了! 我也正想报警! 你既然这样讲,就走去警署评理!"

素珍见此情形,唯恐事情越闹越糟,不得不站出来,强求士甫离去。

"吵什么?"素珍说,"他们不肯退钱,有什么办法? 走吧!"

"他要报警,就拉他上警署去评理!"士甫情绪紧张,颊肉在抽搐。

老板不再说什么。

素珍无意上警署,唯有伸出双臂,推推搡搡,将士甫推出店堂。

"走吧,"她说,"他们不讲理,吵也没有用,只怪自己太大意,付钱之前没有看清楚!"说着,包好铁枴李,塞入纸盒,用粗麻扎紧,加重语气说:"走吧!"

士甫知道瓷庄不肯退钱,唯有接受素珍的劝告。当他提起纸盒时,乜斜着眼珠子对店员狠狠一瞅,那店员却将嘴巴弯成弧形,露了一个阴险的笑脸。

在回家的途中,士甫一直责备自己:"都是我不好! 都是我不好!"

素珍对他说:"既已吃了亏,追悔是一点用处也没有的。不必责备自己,今后小心些,也就是了。"

"今后再也不买陶瓷公仔了。"士甫说。

对于素珍,停止搜购陶瓷公仔,不但可以省却许多麻烦,而且可以省却许多金钱。她唯恐士甫下不了这样的决心。

士甫叹口气:"这套'八仙',花了那么多的钱买来,竟是次货!"

"不要难过,"素珍说,"只当那套'白毛女'没有赚钱。"

回到家,士甫将"八仙"放在冷巷里,不拆。素珍不同意这样的做法。

"冷巷里堆满瓷器,很不方便,还是将它们放在书架上吧。"她说。

"将一套有瑕疵的'八仙'放在书架上,一点意思也没有。"

"不打算卖掉百科全书了?"素珍问。

"没有必要卖掉百科全书。"

# 16

吃了这一次亏,士甫对陶瓷公仔的兴趣是否当真已减低,除了他本人,别人无法知道。不过,士甫有一个相当长的时间没有走去瓷庄参观,倒是千真万确的。

有一天,士甫公毕回家,素珍对他说:

"刚才我到街市去买菜,见到上海店隔邻新开了一家瓷庄。"

"专卖碗碟的瓷庄,开在街市,当然是最合适的。"

素珍摇摇头:"这家瓷庄并不是专卖碗碟的。事实上,里边一只碗碟也没有。"

"不卖碗碟,卖什么?"士甫问。

"陶瓷公仔!"

士甫沉吟一会,牵牵嘴角笑了起来。素珍问:

"为什么发笑?"

"你在骗我。"

"骗你?"素珍脸上出现过分严肃的表情,"我为什么骗你?"

"你知道我喜欢陶瓷公仔,所以跟我开玩笑。"士甫说。

素珍说了一个"不"字之后,摇摇头,加上两句:"不相信,我陪你去参观。"

"但是，"士甫说，"现在国内不再制作这一类的陶瓷公仔了，那瓷庄的老板开设这样的店铺，货源必成问题。这个问题不解决，根本没有资格开设专卖公仔的瓷庄！"

素珍说："这一点，我也不明白。不过，街市开了一家专卖公仔的瓷庄，却是事实。不信，即刻就去参观。"

"好的。"士甫说。

走出大门，素珍低声对他说："千万不要再买。我们已有太多的陶瓷公仔了！"

士甫点点头。

当他进入那家瓷庄时，士甫吃了一惊。这家瓷庄陈列的货物，种类相当多，而且都是"三星""观音""关公""吕祖""八仙""和合""韦陀""济公""牛郎织女""十二生肖"之类的迷信人物。这种迷信人物，自从"文革"之后，国内已不再制作。既然不再制作，这家瓷庄的货物究竟从何而来，却是一个疑问。依照士甫的猜想：可能是店主历年自己收藏的。店主见陶瓷价格涨得这么高，索性租一个铺位，将收藏的陶瓷公仔以高价出售。

说"高价出售"，其实一点也不夸张，陈列在这里的公仔，比士甫搜购的更贵。举个例来说：十二时的"吕祖"，士甫买来时只花二百元,这家瓷庄标价五百。

　　尽管价格相当高;有些瓷像却是士甫夫妇以前未曾见过的。有一套两呎高的"女三星",相当别致。此外,士甫还发现一套神态非常生动的"将相和",也是以前没有见过的。

　　"多少钱?"他问。

　　"二百八。"店员说。

　　"减少些。"

　　"新张期间,打九折。"

　　士甫将两具瓷像拿了下来,仔细察看,低声对素珍说:

　　"这是全美的,价钱也不贵。"

　　素珍从语气中辨出他的意图后,摇摇头,说:"不能再买了。"

　　听了这句话,士甫立刻将两具瓷像小心翼翼地放回瓷架。他说:

　　"你讲得一点也不错,不能再买了。走吧。"

　　回到家里,冲凉。当他从冲凉房走出时,有个李太走来找素珍。那李太见到客厅里放着那么多的陶瓷公仔,忍不住问素珍:

　　"你们收集这种东西做什么?"

　　"现在,陶瓷公仔的价格涨得很高。"素珍说。

　　"公仔也会涨价?"李太问。

"涨得很厉害，"素珍说，"过去卖三四十元一个的，现在至少可以卖三四百元。"

"涨了十倍？"

"有的还不止十倍，"素珍说，"像'三星''关帝''吕祖''观音'之类，只要是可以供奉的瓷像，价钱涨得更高。"

那李太还是第一次听到这种情形，睁大眼睛仔细端详那些陶瓷像，"嗳"的一声，说："这种东西有什么用？比起玉价来，差得远了！难道你们不知道：玉价一直像火箭那样上升？现在，我正在一个老师傅处学看玉，你要是有兴趣的话，可以带你一同去学，你们既然有这么多的钱买公仔，不如玩玉吧！"

# 岛 与 半 岛 (节录)

## 7

"为什么要实施灯光管制?"沙娟问。

"节省能源。"沙凡答。

"为什么要节省能源？"

"阿拉伯国家减少石油生产。"沙凡点上一支烟。

"阿拉伯国家为什么减少石油生产？"

"因为，"沙凡吸了一口烟，将烟霭与话语一同吐出，"以色列在一九六七年的六日战争中占领了阿拉伯的领土。"

"以色列为什么占领阿拉伯国家的领土？"

"因为阿拉伯国家攻击以色列。"

"现在，阿拉伯国家又攻击以色列了。"

"经过一场激战后，战事已结束。"

"阿拉伯国家为什么攻击以色列？"

"因为以色列在六日战争占了阿拉伯国家的领土。"

"以色列为什么不将占领的领土还给阿拉伯国家？"

"以色列本土太小，将占领的土地还给阿拉伯国家后，遭受突袭时，无法防守。"

"除了战事，难道没有别的办法可以解决？"

"以色列与阿拉伯国家就要在日内瓦举行和会了。"

"既然这样，阿拉伯国家为什么要减产石油？"

"他们希望用这种手段逼使以色列放弃所有的占领区。"

"以色列肯放弃已经占领的地区吗？"

"根据报纸上的报道,以色列愿意放弃一部分占领的地区;不过,他们希望获得防守的条件。"

"这样,问题不是可以解决了?"

"问题还没有解决。"

"怎么样?"

"阿拉伯国家要收回所有被占的地区。"

沙娟耸耸肩,意识到这事情的复杂性,不再提出别的问题。这不是说,从沙凡的回答中,她对中东局势已有进一步的认识;相反,她却更加糊涂了。

她走去扭开电视机。

"家课做好了没有?"沙凡说出这句问话后,将烟蒂揿熄在烟灰碟中。

"做好了。"沙娟答。

沙凡对电视节目不太感到兴趣,戴上老花眼镜,开始阅读晚报。

沙太做厨房工作。

稍过些时,沙勇从房内走出。沙凡抬起头来,脱下眼镜,望望身上穿得整整齐齐的儿子。

"出街?"他问。

"看电影。"沙勇答。

"九点半那一场的电影?"

"是的,九点半那一场。"

"看什么电影?"

"国语打斗片。"

"明天去看。"

"这是最后一天了,九点半是最后一场。"

"但是,散场已是十一点半了。"

"这有什么问题?"

"难道你忘记了?"

"什么?"

"今晚实施灯光管制。"

"实施灯光管制只是管制那些霓虹灯招牌,街灯还是亮的。"

"街灯是淡蓝色的,不十分明亮。"

"怕什么?"

"现在,治安这样坏,晚上没有事,最好不要出街。何况,今晚实施灯光管制。"

"实施灯光管制,并不等于完全没有灯光。怕什么?"

"还是在家里看看电视吧。"

"今晚不去看，明天就换画了。"

"上次，看大巡游时，灯光通明，尚且被抢走了手表与钱；今晚，实施灯光管制，大有可能再一次遇到坏人。"

沙勇很固执，不理父亲的劝告，还是出街去看九点半那一场的电影了。

沙凡叹口气，继续阅读晚报。

刚做完厨房工作的沙太，听到关门声，三步两脚走了出来。

"阿勇出街?"她问。

"是的。"沙凡答。

"出街买东西?"

"看九点半那一场的电影。"

"九点半那一场电影?"沙太大声问，"今晚实施灯光管制，难道他忘记了?"

"他一定要看，我有什么办法?"

"治安这样坏，每天不知道有多少宗劫案，不实施灯光管制，尚且到处有遇劫的危险；现在，外边黑黝黝的，无异给劫匪制造打劫的机会，怎可以走出去?"

"他的脾气，你不是不知道的。"

"他的脾气? 讲这些做什么?"沙太的嗓子提得很高，听起来，

113

像鸡叫,"他是一个小孩子,懂什么?"

沙凡见妻子发了脾气,不愿多讲,翻开晚报,继续阅读。视线落在报纸上,却变成"暂时的文盲",不明白那些用油墨印出来的文字代表什么意义。

凌晨两点,阿勇回来了。

"你去什么地方?"沙太问。

"湾仔。"沙勇答。

"到湾仔去做什么?"

"看灯。"

"现在,正在实施灯光管制,哪里有灯可看?"

"起先,我只想走去看看灯光管制的情景;到了湾仔,才发现事情与我的想象并不一样。"

"湾仔有灯?"

"一点也不错,湾仔有灯。"

"这是怎么一回事?"沙太问,"全香港都在实施灯光管制,湾仔怎会例外?"

"湾仔不是例外。"沙勇说。

沙凡听到这里,倒也有点不耐烦了,两眼一瞪,厉声对沙勇说:

"你讲话前后矛盾!"

"矛盾?"

"一会儿说湾仔有灯,一会儿说湾仔也受灯光管制,岂不是矛盾?"

"湾仔的确有灯。"

"屋内的灯?"

"挂在店铺外边。"

"我不明白你的意思。"沙凡说。

沙太也不耐烦了,提高嗓子问沙勇:"究竟是怎么一回事?"

沙勇咽了一口唾沫,说:"有些酒吧,因为不能开霓虹灯招牌,想出一个办法:在门前挂大光灯!"

"汽灯?"沙太问。

"是的,有些酒吧在门口挂了汽灯代替霓虹灯。这样一来,街道虽不像平时那样到处是霓虹灯,倒也并不黯黯。相反,有了这些大光灯之后,整个酒吧区别具一番情调,值得参观。"

沙勇讲得这么轻松,沙凡脸上依旧露着过分严肃的表情。他说:

"时候不早了,快去睡吧!"

# 8

星期六,有人请沙凡夫妇到九龙一家酒楼去吃晚饭。由于当局实施灯光管制,请客的人提早六点半人席。

沙凡搭乘天星小轮过海,在尖沙咀计程车候车处轮车。虽然六点刚过,天色已暗。

"为了节省燃料,应该恢复夏令时间。"沙凡说。

"节省燃料,单靠政府的法例,不会得到太大的效果。"沙太说,"如果香港市民肯协力节省用油的话,这难关必可渡过。譬如说:有车阶级少游车河;或者每一个家庭少开一两盏电灯,就可以省下不少燃料。"

"夜香港原是很美丽的;但是现在……"沙凡叹了一口气。

"表面上的美丽,有什么用?"沙太说,"几年前,即使深更半夜在偏静的街道上行走,也不会想到遇劫的事;现在,搭巴士、搭电梯、人公厕,甚至在闹市行走,都有可能遇到劫匪。像这样的社会,外表的美丽有什么用。那种美丽,犹如花纸一般,将丑恶包裹起来,不让别人见到丑恶。"沙凡耸耸肩。

计程车很少。九龙的计程车似乎比港岛少。在港岛,除了交更时间,搭乘计程车,不会有什么困难;在九龙,搭乘计程车,总要浪费相当多的时间才可以搭到。

沙凡夫妇在候车处等了一刻钟左右,才轮到一辆。当他们抵达酒楼时,六点半已过。

客人们已入席。沙凡夫妇不得不同主人道歉,并说出迟到的理由。

这顿饭,吃了一个多钟头。席散,大家匆匆离去。虽然距离熄灯还有两个多钟头。大家总觉得坐在家里比较安全。

沙凡夫妇雇车到红磡去搭乘渡海小轮。进入码头,买一份晚报。沙凡喜欢坐在小轮上阅读报纸。从红磡到北角,搭乘小轮,需时一刻钟左右,利用这段时间阅读报纸,是最适当的。不阅读报纸,就会觉得无聊。

当他正在阅读港闻版时,渡轮已驶近北角码头。零乱的脚步声,使沙凡吃了一惊。他放下手里的报纸,抬起头,望望前边。几十个搭客聚集在船头,挤在船窗边,观望窗外的景物。这种突然形成的情势,引起沙凡的好奇。

"出了什么事?"他问。

"不知道。"沙太答。

这时候,更多的搭客拥向前舱,伸长脖子,观看窗外的景物。

“他们在看什么?”沙凡问。

“不知道。”沙太答。

沙凡好奇心起,走去窗边观看窗外的情景。使他感到惊诧的是:整个北角区变成黑暗世界了,不但沿海的货仓漆黑,连廉租屋区也没有灯火。这种情景,是很少出现的。因此,使人部分惜客都感到好奇。

“连码头也不见了!”甲说。

“见不到码头,渡轮怎能靠岸?”乙问。

“码头上没有灯火。”甲说。

“还有一盏灯亮着!”乙伸手一指。

“是的,我也见到了。”甲说。

“这是怎么一回事?”乙问。

“停电。”甲说。

“我当然也知道停电;不过,怎会停电的? 究竟发生了什么事情?”

“灯光管制?”

“不,不是灯光管制。”乙说,“灯光管制规定在十点半熄灯;但是现在,才不过八点半。”

“是的,八点半是不会熄灯的。”

"既然这样,岸上怎么会一片漆黑?"

"谁知道?"

"在黑暗中,渡轮靠拢码头时会不会发生危险?"

"码头上还亮着一盏灯。"

"单靠一盏灯的微弱光芒,不会有什么帮助。"

渡轮泊码头时,并没有出现惊险的事情。

摸黑走出码头,连石级也见不到。沙凡夫妇随着人群走出码头时,特别小心。由于周围没有灯光,必须用脚去搜索石级。

走出码头,发现整个廉租屋村也是黑黝黝的,只有海边的海鲜档有灯光。

巴士总站也没有灯火。不过,大部分巴士的车厢却亮着灯。

在黑暗中,即使最微弱的光线也会给人以一种安全感。沙凡夫妇见到巴士有灯,就在黑暗中穿过马路,走去搭乘巴士。

因为是总站,巴士停在那里,虽然允许乘客上车,却不马上开行。

坐在车厢里,沙太抬头望望廉租屋。廉租屋深暗如墨,只有极少数的窗子里有烛光。那些蜡烛发散出来的光线,昏黄不明,微弱得可怜。

"不知道我们家里会不会停电?"沙太问。

“鲗鱼涌大概不会是例外。”

“要是停电的话，就不能搭乘电梯了。”

“不能搭乘电梯，可以从太平梯走上去。”

“不能，不能。”

“为什么？”

“香港治安这样坏，不停电的时候，从太平梯走上去，还不成问题；现在停电了，摸黑上楼，有极大的可能会遇到劫匪。”

沙凡取出烟盒，点上一支烟：“回到家，看过情形再说吧。也许我们那里不停电。”

沙太望望码头。码头黑黝黝的，与平时习见的情形大不相同。凭借海鲜档的灯光，沙太见到黑黝黝的码头里仍有人群犹如潮水般涌出。

更多的人走来搭乘巴士。车厢顿时热闹起来。

乘客们七嘴八舌，都在谈论停电的事。没有人知道停电的原因，大家哗啦哗啦地做了一些毫无根据的猜测。

使大家感到忧虑的是，停了电之后的治安。有一个讲话声音特别响的人说：“不停电，尚且到处发生劫案；现在停了电，等于给劫匪一种保护，使他们更加便于行事！”

于是，话题从停电转到治安。

提到现阶段的治安,大家都有太多的怨言。有一个老头子,抖着声音告诉大家:他的儿子,在三个月之前,从银行提了一笔款子回家,走上楼梯,遇到劫匪,因为不甘损失,被劫匪刺死了!

一个肥胖得近乎臃肿的中年妇人告诉大家:她已两次遇到劫匪,一次在街市,一次在电梯里。

一个提着书包的学生告诉大家:半个月之前,有五个劫匪闯入他们的家,将他们家里的现款与首饰抢去了……

这时候,司机进入驾驶位,发动引擎,将巴士朝英皇道驶去。

有些乘客仍在谈论香港的治安问题;但是,沙太的注意力却被窗外的景色吸引住了。

窗外,并不是一片漆黑的。

除了街灯外,有些建筑物依旧像平时那样,灯火通明。

"不是全区停电。"沙太说。

"是的,有些建筑物并没有受到停电影响。"沙凡说。

"希望我们住的地方不停电。"

"停电的范围相当大。"沙凡说。

"使我不明白的是:同一个区域内的建筑物为什么有的停电;有的不停?"

"我也不知道。"

巴士朝鲗鱼涌驶去时,车厢里的乘客仍在谈论治安问题。

"为什么当局不拿出有效的办法来?"大声公问。

"当局不是推行过扑灭罪行运动了?"老头子用揶揄的口气说。

胖妇说:"扑灭罪行运动并没有扑灭罪行,反而使罪行增加了。"

巴士抵达鲗鱼涌,沙凡夫妇下车。有些建筑物并未受到停电的影响;但是大部分建筑物都没有灯光。沙凡他们住的那幢大厦也没有。

走入大厦,管理处点着两支蜡烛,虽然昏黄不明,总比一片漆黑好。

电梯口聚着一群人。

有一个女人在埋怨:"消防局的车子怎么还没有来?"

看更人大声说:"早已打过电话!"

有个中年男子用微弱的声调说:"停电的区域相当大,消防局的工作人员一定忙得连气也透不过了。"

沙凡走近人群,凭借管理处的烛光见到邻人王伯,问:

"出了什么事?"

"有两个孩子在电梯里。"王伯答。

# 9

十二月二十三日

从早晨九点开始,港岛与九龙几个旺盛地区就黑压压地挤着越来越多的人群。人们犹如潮水般走进茶栖。人们犹如潮水般走出茶楼。人们赶去看杂技团表演。人们赶去看早场电影。人们到最近的公园去散步。到处弥漫着圣诞节的欢乐气氛。

圣诞节前。中环的圣诞装饰是美丽的。中环挤着太多的人。

歌声。

有人在皇后像广场唱歌。

灵咏歌唱团。来自美国的。免费。

"耶稣爱你——在他那里你能找到人生真爱、真正的平安、喜乐、满足……"台上的男歌者蓄着胡须。台上那个蓄着胡须的男歌者将嘴巴凑在麦克风前要求所有的听众合唱。他说:那首歌是人人会唱的。尽管他在麦克风前大声喊大声嚷,台下没有人张开嘴巴唱歌。这首歌,不一定人人会唱;也不一定人人不会唱。台上的人,唱得很起劲。台上的人默默地睁大眼睛。

天黑了。

圣诞节的灯饰，使心境沉重的人也轻松起来了。

圣诞节的灯饰，使人们暂时忘记这是一座"匪城"。

圣诞节的灯饰，使人们暂时忘记物价正在疯狂上涨。

圣诞节的灯饰，使这座充满了问题的城市披上一件彩色的外衣。

电影院里挤满观众。酒楼里挤满食客。百货公司挤满顾客。教堂里挤满信徒。

这天晚上，幼稚园的孩子们在教堂里聚餐，在教堂里演戏，在教堂里演耶稣诞生那一幕。有三个小孩子在戏台上爬行、扮羊。他们的动作，引起似雷的掌声。


## 十二月二十四日

股市又跌。恒生指数跌到四百点。交投疏落。四会全日成交总额只有三千多万元。

圣诞大餐每客八十元。

游泳来港难民有不少冻死在海中。

以赛亚说："有一个婴孩为我们而生。"

圣诞前夕狂欢餐舞会，每位五十元。奚秀兰。张慧。高小红。推出应节歌唱喜剧。

高级洋楼,四面单边,特价九五折。

天气干燥,天文台悬出红色火警讯号。火警危险比平时多五倍。

新界有两处发生火警。

油麻地小轮公司透露:明年开办水上巴士。

圣诞卡犹如雪片涌来。圣诞快乐。这是快乐的圣诞吗?

灯光必须加以管制。

黑黝黝的平安夜。教堂里的钟声与歌声。提早报佳音。提早回家去看电视。电视台安排不少圣诞节目。看电视用不到花钱。

爱丽丝幻游仙境。圣诞最佳电影。我父我夫我子。圣诞最佳电影。傻瓜大闹超级市场。圣诞最佳电影。无敌女金刚。圣诞最佳电影。密探霹雳火。圣诞最佳电影。……

"今晚到什么地方去吃圣诞大餐?"

"今晚在家里吃饭。"

"今晚到夜总会去狂欢,好不好?"

"今晚到教堂去听道。"

教堂是热闹的。教堂举行"圣诞烛光音乐崇拜"。救主于今晨诞生,我众来欢迎,天人诸荣耀,完全归主一身,大哉父真道借肉体,来显明。

夜间的歌曲。

圣诞消息。

平安夜，圣善夜，万暗中，光万射，照着圣母也照着圣婴，多少慈祥也多少天真……教堂里有一棵挂满彩灯的大圣诞树。教友们手中的蜡烛。美国著名灵咏歌唱团莅港献唱。教堂最热闹。

这是圣诞前夕。大家都很快乐吗？石油价格提高。耶路撒冷的大主教前往耶稣诞生的地方，主持圣诞前夕的宗教仪式。

联合国和平部队在西奈沙漠庆祝圣诞来临。

圣诞狂欢舞会，奉送名贵礼品。

宁静的平安夜。黑黝黝的平安夜。教徒们在教堂做礼拜；飞仔飞女在派对里狂欢。


## 十二月二十五日

天气很冷。天文台录的最低温度纪录是七度。九龙仔大坑区发生大火。燕窝鸡茸汤。法国炸猪排。烧火鸡。圣诞布甸。咖啡或茶。圣诞礼物一份。

今年物价狂涨。

报纸说：平安夜，酒楼夜总会生意不太好。

公益金逾四百五十万。警察对南华。尼古拉斯主教就是圣诞老人。

捐血救人。

报摊上有本杂志。杂志的封面印着这样几个字："困难的明年"。

今年虽困难，总算挨过了。明年更困难。

到老人院去派发圣诞礼物。

旺角洗衣街公园附近发生凶杀案。

工展会有许多游客。

南斯拉夫奥夫基队由印尼飞抵香港。

教堂的祝福钟声又响了。


## 十二月二十六日

圣诞节的次日，天气依旧寒冷。湿度依旧很低。

邮差是辛苦的，到处派送迟到的圣诞卡。

十点半。有人派发印刷品。

"人类余日无多了吗？"

一个可怕的统计数字。据说：需要粮食维持的人，每日增加二十万。

日报上仍有太多的抢劫新闻。

为了进一步节省能源，电视台即将缩短播映时间。

没有欢乐的气氛。百物腾贵。治安太坏。股市大跌。灯光管制。一点欢乐的气氛也没有。

五名匪徒在元朗抢劫游客。

圣诞新年大减价。岁晚清货，不计成本。全部名厂出品，一律五折。

日本歌剧团。

新界农作物受到惨重的损失。气候继续寒冷，太多的塘鱼冻死了。

精工对消防。

海洛英市价创新纪录。冬旱。湿度太低。皮肤裂开了。有人到北海道去赏雪。有人到炎热的菲律宾去度假。

叹息。另一声叹息。

没有欢乐的气氛。响应节电法例，更改夜场时间。纸荒严重。青衣大桥落成。

上海街洋服店被劫。

工展游客有希望获得奖金。

副车。招请有经验粥面肠粉人才。三院派发寒衣。新界发生山火。韩警司办理上诉。木屋平售。幸运抽奖可得洋楼一层。

请于一九七三年十二月尾到本公司办理补交按金及签约等手续。

专门报税做数。

商务考察。旅游移民。增肥药。电影明星畅游佛都归来。辅政司慰问大坑西灾民。大肚小凤仙。不要吃太多的食盐。妇科水。本剧团又一荣誉贡献。圣芳济堂举行儿童圣诞联欢会。这是黑色圣诞。

## 10

逛过工展,回家。沙太说:

"每一届都差不多。"

"是的,"沙凡说,"每一届都差不多。"

"听说这是最后一届了?"

"是的,这是最后一届。"

"要是港府肯拨出一块地皮,建立一个永久性的工展会,附设大规模的游乐场,使市民与游客可以多一个去处,对厂商也有相当大的利益。"

"如果这个建议能够成为事实的话,当然是很好的;不过,游乐场的管理很成问题,万一变成阿飞窦,市民与游客都不会去参观了。"

回到家。

沙凡读晚报,才知道租住权已获保证。他很兴奋,大声对妻子说:

"我们目前住的这层楼,租住权已获保证,即使业主要加租,也不能超过现有租值百分之二十一。"

"在这种情形下,"沙太说,"我们没有理由放弃租赁权。"

"是的,"沙凡说,"租住权既已得到保障,我们没有必要搬去别处居住了。"

"这件事,对我们很有利。"沙太说。

沙凡点点头:"以前唯恐租金疯狂上涨,无法负担。现在,新管制法例已通过,所有战后兴建的住宅楼宇的租住权都获得保障。业主即使要加租,最多只能加百分之二十一。业主既然不能乱加租,我们就没有理由放弃这层楼的租住权。"

"这实在是一个好消息!"沙太说。

# 11

香港人每年过两个新年。两个新年都要庆祝。

先过阳历年。

贺年卡犹如雪片一般飞来飞去。恭贺新禧。新年快乐。一年之计在于春。

股市大跌。石油价格上涨。灯光放宽管制。夜香港仍缺乏应有的热闹。这是大除夕。

除夕大餐每客三十五元。餐单上写着许多好看的字眼。

报纸休息一天。

元旦还是有报纸的。二日没有。元旦的报纸刊出许多电影院的广告。

看电影的人，少了。看电影的人宁愿坐在家里看电视。电视节目无须付钱。电视节目精彩。"欢乐今宵"在澳门演出。熟悉的艺员、熟悉的节目，却在陌生的戏院里演出。

午夜十二点。荧光幕上的艺员们欢呼。港海有呜呜的汽笛声。教堂响起祝福钟声。

每一个人好像都很快乐。为了迎接新年来临，每个人都表现得很快乐。这是伪装的兴奋吗？

在现实生活中，每一个人都很会演戏。

一九七四年来了。一九七四年的来临是一件值得高兴的事？

通货膨胀。人工指数下跌。百物腾贵。生活的担子越来越重。世界经济陷于大混乱。七四年的世界经济可能更混乱。石油价格会涨得更高。纸荒严重。建筑材料疯狂上涨。

年晚银行拆息急降。

金价上升九元。有一部电影名叫"神龙猛虎闯金关"。有钱人企图以黄金作为保值物品。穷人不知道怎样度过年关。

不景气。

经济前景并不乐观。一九七三年最好的电影是哪一部？有人喜欢《教父》。有人喜欢《夺命判官》。有人喜欢《富贵猫》。有人喜欢《海神号遇险记》。有人喜欢《歌厅》。

业主与住客。二房东与三房客。香港有四百多万人口。战前兴建的楼宇。战后兴建的楼宇。太高的租金。太低的租金。当局对公平市值有所解释。香港的屋荒未解除。加租。加租。加租。这一次，据说只准加百分之二十一。夏季时间。冬季时间。拨慢一小时。拨快一小时。时间即金钱。许多人在浪费时间。

有一首歌叫作"在一个星期六的夜晚跳舞"。

有一首歌叫作"你再也找不到第二个像我这样的傻瓜"。

抢劫。

快乐的新年。到处是劫匪。外国人说:"香港是一座匪城。"

## 12

过了阳历新年,大家又忙着过旧历新年了。所谓"忙",只是忙于解决一些必须解决的现实问题,并不含有喜悦的成分。在此之前,过新年总是一件应该高兴的事;现在,大家的心情显已改变。尽管中环依旧有美丽的灯饰,尽管大小商店正在举行岁晚大减价,香港人的心情与往年不同。

今年,股票大跌,香港人的财富打了一个很大的折扣。

今年,能源供应短缺,美丽夜香港失去了原有的绚烂。

今年,百物腾贵,生活的担子越来越重。

今年,治安坏到了极点,到处发生劫案,警方维持治安的能力已受到严重的考验。

今年,纸价涨到了最高峰。

今年,塑胶原料的供应发生困难。许多塑胶工厂发生困难,许多塑胶工人失业。

今年,失业的人数比往年更多。

现在,旧历新年就要来了。对于大部分香港人,旧历新年是一道"关",不能不过;却又不容易过。

## 13

门铃响了。沙凡三步两脚走去应门,原来是表弟丁绶树。

"很久不见了,"沙凡说,"你怎么样? 还在揸车?"

坐定,丁绶树答:"我那辆的士已经卖给别人了。"

"卖给别人? 为什么?"

"那时候,的士正在跌价,有人肯出八万元收买,我就将车子卖了给他。当我卖出车子的时候,的士只值六七万元,八万元的价钱算是相当高的了。"

"但是,"沙凡问,"你是一个揸的士的人,卖掉的士,岂不是没有收入?"

"这几个月,我一直没有找到工作。"丁绶树说。

"不做工,就该好好运用卖车所得的八万块钱才对。"沙凡说。

丁绶树叹口气,做了这样的解释:

"当我卖车的时候,大家都说股市已低到无可再低,在这个时候入货，一定可以赚大钱。因此，我将卖车所得的八万元全部买了股票。"

"买哪些股票？"

"美汉与华光地产。"

"什么价钱入的？"

"美汉二元七毫半，华地一元九。"

"现在都绑住了？"

"是的，现在只得一半了。"

"这是没有办法的事，"沙凡说，"这一次的跌市，使许多人在经济上蒙受极大的损失。"

"但是，"丁绶树说，"我买入这些股票时，指数很低。许多人都说：股市已低到无可再低，买入后，有极大的可能会赚钱。因此，就将卖车所得的钱全部买了股票。可是，怎样也想不到，股市竟会继续下跌，而且跌得那么惨。"

沙凡牵牵嘴角，露了一个不很自然的笑容。

"大家的情形都差不多，股市从千七点跌到四百点，除非完全不买股票的人；否则，一定损手烂脚。现在，只好将它当作事实来接受了，索性将股票过户，收息吧。"

丁绶树叹口气："如果我仍在揸车的话，遇到这种事情，还不成问题;可是,我已将车子卖掉,单靠收息,怎能维持一个家庭的开支?"

"你应该设法找工作做才对,赋闲在家,不是办法。"

"我原可以租车来揸的;但是,最近胃病常常发作,揸车太费力,不合适。"

"不做工,坐吃山空,别说手上只有那么一些股票,就是有一百万在手,也会吃光。"

"我就是因为有了困难才走来找你。"丁绶树说。

"找我做什么?"沙凡问。

丁绶树低下头,沉默几秒钟之后,说:"快要过年了,手上一点钱也没有,老婆吵着要办年货,不得不走来跟你商量。"

"为什么不将手上的股票卖出?"沙凡问。

"股市跌成这个样子,现在将股票卖出,至少要蚀一半!"

"依我看来,股市一时未必会回升。"

"股市是有涨有跌的,"丁绶树说,"现在,各类股票的市价已低到无可再低,继续下跌的可能性不大。"

"股市像黄梅天的气候,忽晴忽雨,极难预料。"

"正因为这样,我相信这股市总不会老是这样淡沉的。"

沉默。

经过十秒钟的沉默后,沙凡用低沉的语调问:"需要多少?"

"五千。"

沙凡眉头一皱,说:"如果我有办法的话,我一定拿给你,问题是,我的情形跟你一样,所有的积蓄都已变成股票。现在,年关已迫近,需要用的钱很多。"

听了这一番话,丁绥树的眼眶里噙着晶莹的泪水。

"我必须有五千块钱,"他抖声说,"要不然,这个年就无法过了!"

"到别处去想办法。"

"我要是有办法的话,也不会走来找你了。"

"我自己也有许多问题需要解决,哪里有余钱拿给你?"

"无论如何帮我想想办法!"丁绥树低下头去,用手帕印干眼泪。

沙凡想了想,从衣袋里掏出两百块钱,送给丁绥树。

丁绥树接过钞票后,说:"两百块钱有什么用?"

"到别处去想想办法。"

丁绥树站起身,走了。当他离去时,神情好像从火线撤退下来的败兵。沙凡送他到门口,对他说:"对不起,我不能给你更大的帮助。"

丁缓树仿佛没有听到似的,垂头丧气朝电梯口走去。他的心里有了一个难题。这个难题,犹如一块铁,吊住那颗心,使他感到难忍的痛苦。

## 14

农历大除夕,吃过团年饭,沙凡一家四口搭乘电车到维多利亚公园逛花市。对于香港人,尽管花市的"外表"与"内容"年年一样,逛花市总是过新年的一个重要节目。

虽然百物腾贵,虽然市况萧条,虽然通货膨胀,虽然治安那么坏;花市依旧像往年那样,充满热闹的新年气氛。

没有爆竹声。没有爆竹声的新年,不像新年。

逛花市,听不到爆竹声。

过旧历新年,年花是不可或缺的装饰。对于那些迷信的商人,年花是一种象征。它象征希望。

沙凡并不迷信。

站在花档前欣赏年花时,他也要买水仙与四季橘。

沙太不赞成将金钱浪费在年花上。

沙凡说:"水仙与四季橘都不贵。"

沙太将头摇得如同拨浪鼓一般,压低嗓子说:"今年百物腾贵,可省则省,年花之类的东西,不必买。"

沙凡说:"年花与果盘一样,会增加新年的气氛。没有年花,不像过年。"

沙太很固执,说什么也不同意沙凡购买年花。她说:

"年花与爆竹都是过新年的一种点缀,有与没有,都不成问题。这几年,政府一直禁止燃放爆竹,过年时,没有一点爆竹声,新年的气氛却没有因此而减少。"

"但是,"沙凡说,"水仙花与四季橘都不贵。"

沙太说:"如果是往年,买些年花回去,我绝对不会反对……今年,情况不同了。生活担子这样重,节省还来不及,哪里有余力将金钱浪费在年花上?"

第二天是年初一。起身,第一件事就派利是给亚勇与亚娟,每人拾元。

亚勇与亚娟嫌少,说是物价高涨,十块钱买不到什么东西。

沙凡默然不语。沙太用裂帛似的声音嚷起来:"十块钱还嫌少?你们既然知道物价高涨,就不会不知你们阿爸维持这个家的生活是多么的吃力。"

沙勇板着面孔,走入卧房。

沙娟板着面孔，走入卧房。

沙太叹气。

沙凡叹气。

# 天 堂 与 地 狱

我是一只苍蝇。

我在一个月以前出生。就苍蝇来说,应该算是"青年苍蝇"了。

在这一个月中,我生活在一个龌龊而又腥臭的世界里:在垃圾桶里睡觉,在臭沟里冲凉,吃西瓜皮和垢脚,呼吸尘埃和暑气。

这个世界，实在一无可取之处，不但觅食不易，而且随时有被"人"击毙的可能。这样的日子简直不是苍蝇过的，我怨透了。

但是大头苍蝇对我说："这个世界并不如你想象那么坏，你没有到过好的地方，所以会将它视作地狱，这是你见识不广的缘故。"

大头苍蝇比我早出世两个月，论辈分，应该叫它"爷叔"。我问："爷叔，这世界难道还有干净的地方吗？"

"岂止干净？"爷叔答，"那地方才是真正的天堂哩，除了好的吃、好的看，还有冷气。冷气这个名字你听过吗？冷气是'人'造的春天，十分凉爽，一碰到就叫你舒适得只想找东西吃。"

"我可以去见识见识吗？"

"当然可以。"

爷叔领我从垃圾桶里飞出，飞过皇后道，拐弯，飞进一座高楼大厦，在一扇玻璃大门前面打旋。爷叔说："这个地方叫咖啡馆。"

咖啡馆的大门开了，散出一股冷气。一个梳着飞机头的年轻人摇摇摆摆走了进去，我们乘机而入。

飞到里面，爷叔问我："怎么样？这个地方不错吧？"

这地方真好，香喷喷的，不知道哪里来的这样好闻的气息。男"人"们个个西装笔挺、女"人"们个个打扮得像花蝴蝶。每张桌子上摆满蛋糕、饮料和方糖,干干净净,只是太干净了,使我有点害怕。

爷叔不知道到什么地方去了。我只好独自飞到"调味器"底下去躲避。

这张桌子,坐着一个徐娘半老的女"人"和一个二十岁左右的小白脸男"人"。

女人说:"这几天你死在什么地方?"

小白脸说:"炒金蚀去一笔钱,我在别头寸①。"

女人说:"我给你吃,给你穿,给你住,天天给你零钱花,你还要炒什么金?"

小白脸说:"钱已蚀去。"

女人说:"蚀去多少?"

小白脸说:"三千。"

女人打开手袋,从手袋里掏出六张五百元的大钞:"拿去!以后不许再去炒金!现在我要去皇后道买点东西,今晚九点在云华大厦等你——你这个死冤家。"说罢,半老的徐娘将钞票交给小白脸,笑笑,站起身,婀婀娜娜走出去。

---

① "别头寸"为吴方言,意为调借款项。

徐娘走后,小白脸立刻转换位子。那张桌子边坐着一个单身女"人",年纪很轻,打扮得花枝招展,很美,很迷人。她的头发上插着一朵丝绒花。

我立即飞到那朵丝绒花里去偷听。

小白脸说:"媚媚,现在你总可以相信了,事情一点问题也没有。"

媚媚说:"拿来。"

小白脸说:"你得答应我一件事。"

媚媚说:"什么事?"

小白脸把钞票塞在她手里,嘴巴凑近她的耳边,叽里咕噜说些什么,我一句也听不清,只见媚媚娇声嗔气说了一句:"死鬼!"

小白脸问:"好不好?"

媚媚说:"你说的还有什么不好? 你先去,我还要在这里等一个人。我在一个钟点内赶到。"

小白脸说:"不要失约。"

媚媚说:"我几时失过你的约?"

小白脸走了。

小白脸走后,媚媚走去账柜打电话。我乘此飞到糖盅里去吃方糖,然后飞到她的咖啡杯上,吃杯子边缘的唇膏。

正吃得津津有味,媚媚回座,一再用手赶我,我只好飞起来躲在墙上。

十分钟后,来了一个大胖子,五十岁左右,穿着一套拷绸唐装,胸前挂着半月形的金表链。

大胖子一屁股坐在皮椅上,对媚媚说:"拿来!"

媚媚把六张五百元大票交给大胖子,大胖子把钞票往腰间一塞:"对付这种小伙子,太容易了。"

媚媚说:"他的钱也是向别的女人骗来的。"

大胖子说:"做人本来就是你骗我,我骗你,唯有这种钱,才赚得不作孽!"

这时候,那个半老的徐娘忽然挟了大包小包,从门外走进来了,看样子,好像在找小白脸,可能她有一句话忘记告诉他了。但是,小白脸已走。她见到了大胖子。

走到大胖子面前,两只手往腰眼上一叉,板着脸,两眼瞪大如铜铃,一声不响。

大胖子一见徐娘,慌忙站起,将女"人"一把拉到门边,我就飞到大胖子的肩膀上,听到了这样的对话:

徐娘问:"这个贱货是谁?"

大胖子堆了一脸笑容:"别生气,你听我讲,她是侨光洋行的经理太太,我有一笔买卖要请她帮忙,走内线,你懂不懂?这是三千块钱,你先拿去随便买点什么东西。关于这件事,晚上回到家里,再详细解释给你听。——我的好太太!"

徐娘接过钞票,往手袋里一塞,厉声说:"早点回去!家里没有人,我要到萧家去打麻将,今晚说不定迟些回来。"

说罢,婀婀娜娜走了。

我立即跟了出去。我觉得这"天堂"里的"人",外表干净,心里比垃圾还龌龊。我宁愿回到垃圾桶去过"地狱"里的日子,这个"天堂",龌龊得连苍蝇都不愿意多留一刻!

一九五〇年作

一九八一年二月二十日改

# 榴梿花落的时候

我到廖内岛去访问张牧师，正是榴梿花落的时候。亚答屋前发散着一股浓烈的异味，似香，也有点臭。夜色已四合，夕阳的最后余晖从树隙照过来，芭地上的落花残瓣就泛起一片金光。

几个马来小孩佝偻着背，在门口拾花须。我问他们："张牧师是不是住在这里？"

他们不约而同地指指亚答屋："喏！就是这一间。"

我对亚答屋仔细端详了一番，门牌号码没有错；但是里面的空气似乎不大对。

里面有一架古老的留声机，正在嘶嘶地唱着周璇的《小小洞房》。

走上木梯时，我嗅到酒味。我站在门口张望，趑趄着，不敢走进去。

客厅里坐着一个男人和一个女人。女人衣饰平常，头发亦已灰白，两眼深陷，满额皱纹，看样子，最少也有五十岁了；但是身上还搽着太多的廉价香水。

她手里拿着一杯酒，一边喝，一边咯咯作笑，与那个男人挤眉弄眼的，心情十分愉快。

我看不到那个男人的面目，因为他背着我坐。他的身材很高大，肩膀宽大；但头发亦已苍白。我断定他不是张牧师，所以决定退出来。

刚转身时，那个女人忽然嚷了起来："喂，你找谁?"

"找……找……"我期期艾艾地欲言又止。

那个男人回过头来了，我发现他很老，约莫六十上下，肤色黧黑，两眼无神。

"你找谁?"女人又追问一句。

"我——我找张牧师。"

女人一听此话,立刻笑不可抑了:"他来找张牧师的!哈哈!请进来,喝杯酒!"

"我,我不会喝。"

"怕什么?进来吧。"女人边笑边说。我走了进去,她替我斟了一杯酒,然后款款站起,走到留声机旁,换了一张唱片。这一次唱的是《遥远寄相思》。

老头子开始同我交谈了,他指指那个女人说:"她叫黄亚娇,我的老情人。"

黄亚娇抓了一把花生在我面前,又侧过脸去同老头子打情骂俏了。

这是一个相当尴尬的场合,处身其间,很窘,而且非常局促不安。我终于变成了一个不买票的观众,坐在第一排,看一对老年人演出并不高明的喜剧。

从他俩的谈话中,我知道老头子是个海员,每年榴梿花落的时候,就到这里来探望亚娇一次。他俩在三十年前,已经相识,因为老头子同别的女人结婚了,所以变成了错失的姻缘。

"但是,"老头子对我说,"我还是每年要来看她一次的,她实在是一个非常可爱的女孩子。"

"别撒谎了,"黄亚娇嗲声嗔气地说,"如果我可爱,你也不会在香港同那个女人鬼混了。"老头子深深地叹息一声,说:"那时候,我实在太昏聩,要不是因为她有钱,我怎样也不会跟她结婚的。"

"现在你不是有钱了?"

"唉,如果那时候我能像现在这么清楚,事情就不至于弄成今天这个样子。"

"今天,你已经是个有钱人了。"

"钱是身外之物,算不了什么,重要的是:一个人在精神上必须有所寄托,特别是到了老年。"

黄亚娇举起酒杯,在唇边碰了一碰,又放在桌上,然后感慨地说:"在我的心目中,你永远是年轻的;可惜姻缘已经错失,也只能责怪命运不济。"

"都是我的错! 都是我的错!"老头子内疚神明地痛骂自己,"要不是我贪图小利,不但你无须在这里受苦;就是我,也不必每年偷偷地赶到这里来看你一次!"

"你能每年来一次,我已经心满意足了!"

"亚娇,你实在待我太好了,我对不住你,我……"

"别这样责备自己，来，我们干一杯！"

他们各自举杯，老头子将酒一口饮尽，黄亚娇则舐了舐酒杯。

然后他们开始沉湎在回忆中了。

他们笑，他们怨，他们饮酒取乐，他们互拍肩胛。

老头子说："当一个人进入老境时，他不再对未来有所憧憬了。他想的是过去，他希望得到年轻时曾经喜欢过的东西。而且对于年轻时做过的事情，有一种空茫的渴望，想再做一次。……说起来，也许你不相信，我现在虽然有钱有家有儿女；但是却生存在这一年一度的幽会里，没有这个幽会，我的生命就完全失去生存的价值了。所以，你应该知道，我是怎样的需要你！"

这一番酸溜溜的话语，听得我汗毛都竖了起来。我实在坐得不耐烦了，刚想告辞时，老头子蓦地站起，拍去身上的花生壳，说："唉！又是一年过去了。"他说，"我也该走了，明年十月榴槿花落的时候再来。"

他伸手与黄亚娇握别，眼眶有点湿。

此时，天色已黑。亚娇到里面叫了一个男孩子出来，要他陪老头子出去搭车。

老头子走后，我侧过身去向黄亚娇道谢。黄亚娇正在收拾酒瓶、酒杯以及桌面上果皮花生之类的杂物。她的动作很敏捷；但是脸上一点表情都没有。

这时候，后房走出一个男人来。

他是张牧师。黄亚娇在替我介绍说："这就是你要找的张牧师，他是我的丈夫。"

听了这句话，我不禁为之久久发愕。

张牧师执礼甚恭地同我握手，笑嘻嘻地说："希望那位老年人没有使你感到拘束。"

我们坐下后，他继续解释道："这件事实在是莫须有的，不过，为了使一个老年人能够在精神上获得慰藉，内人不得不每年这个时候要在他面前演一出戏。"

"你觉得有这样做的必要吗？"我依旧莫明究竟。

然而牧师却说："如果对我们并无损害，而对他还有些帮助的话，这样做一下，也不见得会有什么坏处。"

"我总觉这件事有点……"

张牧师接口道："有点奇怪，是不是？其实，这完全是一桩好事，因为万一让他知道黄亚娇已经死去了，他会伤心得无法继续生存。"

"黄亚娇已经不在人间？"我大吃一惊。

张牧师点点头，说："两年前，黄亚娇住在这间亚答屋里，我们没有见过她,但是邻近的马来人都说她是个坏女人。我们搬来后,榴梿花落了,那个老年人从遥远的香港赶到此地,他把月玲——我的太太——当作了黄亚娇。为了不愿使他太过伤心,我们将错就错,殷勤地招待他,让他高高兴兴来,又高高兴兴去,永远不告诉他——黄亚娇已经死去了。”

“可是,黄亚娇是黄亚娇,张太太是张太太,两人面貌不同,难道他连这一点都分不清?”

张牧师捧腹大笑,笑了一阵后,说:“哦,我忘记告诉你了,他——他是一个瞎子!”

# 副刊编辑的白日梦

现实世界是：

东半球的人这样站

西半球的人这样站

掀开梦帘，伸手捧月。月光从指缝间射出，很美。围个花边框，标题："李白的希望"。

你在笑，眼睛眯成一条线。你站在现实那一边。

我与你隔着透明的门帘，情形有点像戏台，一边出将，一边入相。走出去，是梦境；走进来，是现实。我们常在梦与现实之间走来走去。

现在，我刚进入梦境。写字台前的一排玻璃窗，年前抹过一次，此刻灰蒙蒙的尘埃使窗外的景物有点模糊。维多利亚海峡里有不少大船，也有不少小船。

你仍在笑，眼睛眯成一条缝。

——我讨厌死气沉沉的编辑部。我说。我喜欢到没有日历的梦境去寻找新奇。

我在梦里疾步行走。满版"六号"犹如一窗烟雨。"四号楷书"令人想起玛哥芳婷的细腰。右边有一行，左边也有一行，像张龙，也像赵虎，紧紧夹住怒目而视的包黑头。

我离你渐远。

你仍在喊叫：

——回来吧。

我假装没有听见。

走上紫石街，经过武大门口，抬头观看，帘子低垂，看不见千娇百媚的潘金莲，正感诧异，郓哥蹑手蹑足走来，低声说：

——西门庆与潘金莲在王婆房内,房门紧闭着,像愤怒人的嘴。

以下的事情只能用"……"代替"下回分解"。

六分三的领域中,D. H. 劳伦斯在放声大笑;但是兰陵笑笑生笑得更大声。

这时,我还能听到你的唤声。我已进入另外一个境界。乔也思写思想,不用标点。萨落扬写对白,不用引号。奥尼尔将 ABCD 堆成一座大森林,存心戏弄黑皮肤的琼斯皇帝,使他迷失方向。……

忽然听到一阵急促的脚步声。

定睛一瞧,原来一群作家在照相机前原地踏步。

前面是海。

吴尔芙的浪潮冲不破冬烘的旧梦。汤玛士·曼乘船渡海,没有人察觉他把舵时的满额汗珠。

我已听不到你的唤声,不知道你是否仍在远处唤我。梦是无边际的,一切都没有规格。但是,用"七行大"①标出林黛玉的感情,无异将制水时期的淡水倾倒在维多利亚海峡里,用纤细的花粒

---

① 大铅字,占七行地位。

装饰李逵的大斧,犹如夏天穿棉袍。

我在梦中奔走。

借用无声的号角乱吹,必成"庸俗小说"嘲笑的对象。魔鬼多数爱戴彩印的面具,商品都有美丽的包装。

鸳鸯仍在戏水。

蝴蝶仍在花丛飞舞。

将文字放在热锅里,加一把盐之后再加一把,可以成为廉价出售的货品。

在梦中奔走不会不感到疲劳。梦境并非仙境,遇到绊脚的荆棘,也会流汗流泪。

为什么?

这是睁开眼睛做的梦。

白日梦也是梦,与闭着眼睛做的梦不同。它使你发笑。它使你流泪。它使你发笑时流泪。它使你流泪时发笑。

排字房的铃声大作,我从梦境回到现实。我走去俯视地板上的方洞,拉起破篮子,取出一张明天见报的大样①。

大样是路程的标记。肮脏的油墨里蕴藏着数不尽的踌躇与驱

---

① 排字房拼版师傅将副刊拼好后,打给副刊编辑看的校样。

不散的忧闷。

我拿着大样回座，好像一个刚做过激烈运动的运动员，疲惫得连光彩夺目的东西也不愿看。

我皱眉。

你笑。

——浅水湾头纵有寂寥的小花摇曳于海风中，也要谨慎遮掩勇气。且慢欢喜，你说。

抬头远望，九龙半岛的灯火好像钉在黑丝绒上的珠片闪闪发亮。

现实世界是：

东半球的人看到月亮。

西半球的人是看不到的。

一九八七年四月二十六日改二十余年前的旧作

原载一九六〇年五月一日《香港时报·浅水湾》

# 链

一

陈可期是个很讲究衣着的人,皮鞋永远擦得亮晶晶的,仿佛玻璃下面贴着黑纸。当他走入天星码头时,左手提着公事包,右手拿一份日报，用牙齿咬着香烟。这是一九六七年十一月十八日上午，天色晴朗，蔚蓝的天空，像一块洗得干干净净的蓝绸。"真是好天气，"他想，"下午搭乘最后一班水翼船到澳门去，晚上赌狗，明天看赛车。"主意打定，翻开报纸。头条标题"英镑不会贬值"。他立刻想到一个问题："英镑万一贬值，港币会有影响吗？"陈可期是个有点积蓄的人，关心许多问题。报纸说：昨日港九新界发现真假炸弹三十六枚。报纸说：秘鲁小姐加冕时流了美丽的眼泪。报纸说：月球可能有钻石。报纸说：食水增加咸味，对健康无碍。报纸说：无线电视明天开播。陈可期不自觉地笑了起来。因为是个胖子，发笑时，眼睛只剩一条缝。早在海运大厦举行电视展览会的时候，他已订购了一架罗兰士的彩色电视机。"明天晚上，从澳门赶回来，"他想，"可以在荧光幕上看到邵氏的彩色《杨贵妃》了。"生活就是这样的多彩多姿，一若万花筒里的图案。此时，渡轮靠岸，陈可期起座，走出跳板时，被人踩了一脚。那只擦得亮晶晶的皮鞋，变成破碎的镜子。偏过脸去一看，原来是一个穿着彩色迷你裙的年轻女人。这个女人姓朱，有个很长的外国名字：姬莉丝汀娜。

## 二

姬莉丝汀娜·朱在天星码头的行人隧道中行走时,一直在想着昨天晚上看过的电视节目。那个澳洲女丑给她的印象相当深:学玛莉莲·梦露,很像;唱"钻石是女人的好朋友",也不错。最使姬莉丝汀娜感到兴趣的,却是女丑手腕上戴着的那只老英格兰大手表。"穿迷你裙的女人,就该戴这样的手表。"她想。她穿过马路,穿过太子行,疾步向"连卡佛公司"走去。在连卡佛门口,有个胡须刮得很干净的男人跟她打招呼。这个男人叫作欧阳展明。

## 三

欧阳展明大踏步走进写字楼时,板着扑克脸,两只眼睛像一对探照灯,扫来扫去。他是这家商行的经理,刚从新加坡回来。前些日子,香港的局势很紧张。有钱人特别敏感,不能用应有的冷静去接受这突如其来的情势,像一群失林之鸟,只知道振翅乱飞。欧阳展明也是一个有钱人,唯恐动乱的情形不受控制,将一部分资金携往新加坡,打算在那个位于东西两方之间的钥匙城市另建事业基础。结果,遇到了一些事先未曾考虑到的困难。幸而香港的局势还没有失去控制,他就回来了。香港街头已不大出现石块与藤牌的搏斗,炸弹倒是常常发现的。不过,使欧阳展明担心的却是刚才听来的消息:英镑即将贬值了! 尽管当天的报纸仍以"英镑不会贬值"做头条,欧阳展明得到的消息竟是"英镑可能在十二小时以内贬值"。对于欧阳展明,这是"金融的台风",既然正面吹袭,就得设法防备。商行的资金,冻结在银行里的,有二十万。他有办法使这二十万元不打折扣吗? 正因为这样,脸上的表情很难看。当他走进经理室之前,大声对会计主任霍伟俭说:"你进来一下,有话跟你讲!"——从他嘴里说出来的话,每一个字都像弓弦上射出来的箭。

## 四

霍伟俭很瘦,眼睛无神无光,好像一个刚起床的病人。虽然是商行的会计主任,却没有读过经济学。他是一个非常自卑的人,总觉得别人比他强。别人笑,他也陪着笑。别人愁,他也皱紧眉头。别人说这样东西好,他也说这样东西好;别人说那样东西坏,他也说那样东西坏。他就是这样一个人。他走进经理室,欧阳展明要

164

他到银行去一下。他匆匆走出商行。在银行门口遇见史杏佛。

# 五

　　史杏佛是个好经纪,也是一个坏青年。喜欢赌钱。喜欢喝酒。喜欢撒谎。喜欢玩女人。当他见到孕妇时,就会联想到交合。他与霍伟俭寒暄几句后,走去太子行与历山大厦兜了一个圈。一点半,走去"金宝"饮茶。在进入"金宝"之前买了一份西报,报上有两则新闻:(一)一个名叫尼哥尔斯的赛车选手在澳门赛车时受伤;(二)玛莲·德列治①有可能来港表演。史杏佛对尼哥尔斯的受伤毫不感到兴趣;不过,他很想看看六十三岁的性感老祖母究竟在脸上要搽多少脂粉。他在"金宝"与纱厂老板陶爱南打招呼。

---

　　①　玛莲·德列治(Marlene Dietrich,1901 年 12 月 27 日—1992 年 5 月 6 日),德国演员兼歌手,20 世纪 20 年代在柏林出演戏剧及无声电影。她是双性恋者,是最早以男装登上大银幕的女艺人,在其近七十年的演艺生涯中持续自我革新,曾为全球收入最高的女演员之一。1999 年美国电影学会评选她为百年来最伟大女演员,排名第九。

# 六

陶爱南虽然也露了笑容,完全记不起这个跟他打招呼的人姓甚名谁。这一类的事情,他是常常遇到的。他不在乎。他用筷子夹了一块乳猪,往嘴里一塞,然后翻开那份夜报。香港有些夜报,与午报出报的时间差不多。那夜报的头条标题是:"本港金价突狂涨"。陶爱南心中暗忖:"英镑一定要贬值了。"正这样想时,几个孩子吵着要到对街皇后戏院去看《北侠神枪手》。陶爱南不大喜欢看打斗片,但也不愿使孩子们不高兴,当即吩咐伙计埋单,带着几个孩子去看电影了。看完电影随着人潮出来,还不知皮夹已被扒手偷去。

# 七

扒手名叫孔林,二十九岁,不务正业,西装穿得笔挺,专门浑水摸鱼。扒到陶爱南的皮夹后,穿过戏院,在德辅道中搭乘前往筲箕湾的电车。"今天晚上，可以到香港会球场去看溜冰团了。"他想。……电车驶抵湾仔，停了。电车摆长龙，据售票员从前边听来的消息，说是英京酒家附近有一枚炸弹。孔林不愿意坐在车厢里苦等，下车，穿过马路，向那个摆香烟摊的高佬李买一包"好彩"。

# 八

高佬李手里拿着一副四边被太多的手指摸得起了毛的扑克牌，正在与擦鞋童大头仔聊天。大头仔说："又要打风了。"高佬李猛烈咳呛，咳了半天，吐出一口浓痰，痰里有血丝，用鞋底一拖，以免大头仔看到。"发神经!"他放开嗓子说，"今天是十一月十八了，哪里还会打风?"大头仔扁扁嘴，走去报摊拿下一份《华侨晚报》第二版往高佬李面前一摊，用食指在报纸上点了两下。高佬李定睛一瞧，果然看到了这么八个字："飓风洁黛逼近本港"。这是报纸刊出的新闻，当然不会虚假;不过，为了掩饰心情上的狼狈，转过脸去问生果佬单眼鑫："你信不信，十一月打风?"

167

# 九

单眼鑫歪着头,将耳朵凑在那只原子粒收音机①边,聚精会神,收听"东南大战"的赛事广播。"南华今年添了龚华杰与黄文伟两员虎将,攻守力俱已增强;但是东方亦非弱者,MG 与泰仔要是演出正常,也有可能取胜。"他想。他是一个波迷,有大场波②,宁可不做生意。如果这场"东南大战"不在对海举行,他是一定要去看的。现在,只好收听电台广播了。就在黄志强攻门的时候,一个穿花布衫裤的少女走来买金山橙。这个少女名叫何彩珍。

# 十

何彩珍买了四只金山橙……

一九六七年十一月

---

① 原子粒收音机,是靠原子粒(晶体管)运作的无线电接收器(即收音机),在 20 世纪 60 年代很流行,专门用来收听电台广播。
② 大场波,指重大足球比赛。

# 动　乱

一

　　我是一架吃角子老虎,不是老虎。老虎有生命,我没有。在这个世界上,只有没有生命的东西才可以吃角子。我与我的同类被几个人用货车载到这里,已经是一年前的事了。那几个人在人行道上挖几个洞,将我与我的同类像小树般"种"在洞内。小树有生命,我没有。镍币是我的食粮,我吃了不少,却不会像小树那样长大。人们对我的印象都不好。有钱人将镍币塞入我的口中时,脸上的表情不好看。穷人虽然不将镍币塞入我的口中,却常常刈我怒目而视。我肚中的钱,他们拿不到。他们对我不满,我不在乎。我甚至对自己的受伤也不在乎。这天晚上,几百个人像潮水一般从横街冲出来。有人大声喊口号。有人用红漆在壁上写标语。有人焚烧计程车。有人捣毁垃圾箱。有人走到我面前,两眼一瞪,用很粗很粗的铁棍击破我的脸孔。我受了重伤。他仍不罢休,继续用铁棍打我,直到我弯了腰,才快步走去别处。

二

我是一块石头。在极度的混乱中,有人将我掷向警察,那警察用藤牌抵挡。我不能冲破藤牌,掉落在地,任人踢来踢去。

# 三

我是一只汽水瓶。说得更清楚些,我是一只"七喜"汽水瓶。一个女孩子将我肚里的汽水喝光后,我被放在汽水架里。我一直在等待,等工友将我运回汽水厂,继续装汽水在我肚里。这天晚上,一个年轻人走来,伸出右手,握住我的脖颈,疾步下楼。我见到一片混乱。餐室门前有一辆计程车在燃烧。吃角子老虎被毁坏了。路牌被拔起。几百个人在乱七八糟的长街上奔来奔去。警车疾驶而至,警察们各持木棍与藤牌,在街中心列成队形。那年轻人像支箭般穿出人群,将我掷在警察的钢盔上。我粉身碎骨。

# 四

我是一只垃圾箱。在混乱中,根本不知道事情怎会变成这个样子。我也有好奇,很想对当前的混乱情形看看清楚。几个人忽然围住我,不管三七二十一,将我捣得稀烂。这是一群愤怒的人,我看得出。我不知道他们为什么这样恨我。我受重伤时,身上只剩六个字:"保持城市清洁"。

# 五

　　我是一辆计程车。这天晚上,我停在"计程车停车处"。几百个人从横街像潮水般涌出时,有一名三划警目走进我的肚内。之后,我被人群围住。人群围了一个圈,像铁箍。有人将火油浇在我身上,划亮一根火柴,点燃火油。我被灼伤了。那警目面临生死关头,拔出左轮,对人群射了一枪。枪弹穿入一个中年男子的大腿。中年男子跌倒。人群散开。三划警目逃得无影无踪。我在燃烧中,像一盏汽油灯,照得大街通明。

# 六

　　我是一张报纸。我身上印满了字,诸如"骚动区各校今停课""香港华人婚姻须一夫一妻制""劳资纠纷应忠诚解决"之类。这天晚上,一个妇人用我包了一件银器,走入当铺。当掉银器后,妇人将我掷在当铺外边的人行道上。不久,平地刮起一阵大风,我被吹到骚动地点。我在空中飘舞时,见到一片混乱。路牌、交通灯、垃圾箱、吃角子老虎——都被破坏了。我有点怕,希望大风将我吹去别处,但是我的希望落了空。风势转弱时我逐渐下降。我不想离开这个世界,却在完全无能为力的情况中,飘落在那辆正在燃烧中的计程车上面。计程车还没有完全焚毁,我已变成灰烬。我不知道为什么要在此牺牲。这里边应该有个理由,我不知道。

# 七

我是一辆电车。在所有的交通工具中,我的年纪可能最大。每天从早到晚,沿着路轨慢慢行驶。论速度,我无法与私家车、货车或巴士相比,有时候甚至连脚踏车也赶不上;不过,大部分香港人都对我有好感。尤其是闲着无事而想看街景的人,总喜欢将我当作游览车。这天晚上,我从上环街市开出,向筲箕湾驶去,经过骚动地区,有人用镪水向我掷来,灼伤了两位乘客,逼他们从车厢里跳出。就在这时候,那司机也被人用石头击中额角,流出很多血。我再也不会动了,呆呆地停在那里。对于我,这是新鲜的经验。我从来没有遇到过这种事情。我只有好奇,一点也不紧张。我看到吃角子老虎被人用铁棍打弯腰;我看到一辆计程车在燃烧。与那辆燃烧中的计程车比起来,我是比较幸运的。我只是被人掷了一瓶腐蚀性液体，这种液体给我的伤害不大。至于那位司机，虽然受了伤，救护车驶到后，就被人抬走。救护车与警察队几乎是同时开到的。警察开到后，列成队形，用扩音机劝告群众散去，群众不散，就劝告邻近的居民关上窗户，然后发射催泪弹。我是不怕催泪弹的。那些群众终于疾步散开。气氛越来越紧张。我倒觉得相当有趣。作为一辆电车，我对人类的所作所为根本无法了解。

# 八

我是一只邮筒，警察队还没有开到，就有人将一根燃烧中的木条塞入我的嘴内。我一向将信当作食粮，吃下燃烧的木条后，胃部出毛病。

# 九

我是一条水喉铁，性格向来温和。被人削尖后，竟做了一件可怕的事情。就在这天晚上，有人将我插入交通灯。

# 十

我是一枚催泪弹。在混乱中,我最具权威。我发散白烟时,人们就像见到一种古代怪兽似的,快步逃避。我从来没有见过人类。这是第一次。人类实在是一种有趣的动物,尤其在惊慌失措时,奔来奔去,煞是好看。不仅如此,我对那些住在高楼大厦里的人类也很感兴趣。他们早已将窗户关上。透过玻璃,我仍能见到四个人在打牌、学童在温习功课、五六十岁的老头子在戏弄十七八岁的少女、夫妻相骂、有钱人点算钞票、病人吃药、电视机的荧光屏上有一个美丽的女人、两个中年男子在下象棋……我看到的种种,都很有趣。想多看一些,却不由自主地消散了,消散了,消散了。

# 十一

我是一枚炸弹。人们替我取个绰号,叫作"土制菠萝"。我觉得这个名字比"炸弹"文雅得多。当人群因警方发射催泪弹而向横街疾步奔去时,有人将我放在那辆电车的前面。电车司机已受伤,被救护车载去别处。大街一下子静了下来。我的周围没有一个人，那队警察也离我约莫七八十码。我觉得孤独。那种凌乱的场面忽然缺少生命的动感，使我对这个世界益感困惑。刚才还是闹哄哄的，此刻只剩难忍的寂静。我不知道在等什么。不久，有一个军火专家穿着近似臃肿的衣服走来了。

# 十二

我是街灯。对于这天晚上的事，我看得很清楚。八点钟之前，一切都很正常：电车驶来驶去，人们沿着人行道走来走去。一切都很正常。八点敲过，有几百个人拿着刀子、炸弹、铁棍、石头、汽水瓶、削尖水喉铁、火油、木条等物从横街像潮水一般冲出来。这时候，警察队还没有开到，只有一个三划警目在向街边小贩提出警告。当人群开始捣毁吃角子老虎与交通灯与垃圾箱与邮筒时，十几个人疾步走去追赶三划警目。这三划警目是个小胖子，奔不快，急中生智，进入一辆没有司机的计程车的车厢，企图乘车离去。群众将计程车团团围住，用火油从车顶浇下。点上火。那三划警目拔出左轮，发射一枪，一名男子腿部受伤，人群散开。一辆电车驶来了，人群用镪水掷向车厢。电车司机受了伤。警察大队分乘五辆警车瞬即开抵。警察们在街中心排成队形，群众向警察投掷石

176

头与汽水瓶。站在最前面的那个警察,用扩音机劝告群众散去。群众不散,继续用石头、汽水瓶之类的东西向警察掷去。警方再一次用扩音机向邻近居民提出警告,要大家关上窗门。邻近立刻起了一片关门车窗声。催泪弹爆发。人群散开。救护人员将受伤的电车司机抬入救护车。救护车响起尖锐的警铃声。紧张的情势渐告缓和,骚动似已平息;但是街中心还有一枚炸弹。警车里走出一个军火专家,将那枚炸弹爆了。炸弹爆开时,有不少弹片从我身旁飞过。我没有受伤。我看到骚动过后的凌乱与恐怖的宁静,恨不得将光芒收敛起来。约莫一小时过后,警队离去。人们又从屋内走出。就在渐次恢复正常的时候,一个人被另一个人用刀子刺死。

## 十三

我是一把刀。警队离去后,一个青年将我插在另一个青年的腰部。那被刺的青年跌倒在地,不久便停止呼吸。我在血液中沐浴。

# 十四

　　我是一具尸体。虽然腰部仍有鲜血流出，我已失去生命。我根本不知道将我刺死的人是谁，更不知道他为什么将我刺死。也许他是我的仇人。也许他认错人了。也许他想借此获得宣泄。也许他是一个精神病患者。总之，我已死了。我死得不明不白，一若蚂蚁在街边被人踩死。这是一个混乱的世界。这个世界的将来，会不会全部被没有生命的东西占领？

　　　　　　　　　一九六八年二月二十二日，香港

# 春　雨

　　忽然响起一阵雷声,轰隆隆,像几十只铁球在楼板上滚来滚去。蓝森森的闪电,一再使那些云层的颜色由灰转黄,仿佛厚密的云层中有什么东西在燃烧。天色黝黯,筑在半山区的高楼大厦里有人扭亮电灯。平地刮起一阵狂风,天就落雨了。雨点很大,打在玻璃窗上,发出窸窸窣窣的声音。这是农历三月上旬,气候还没有转暖。

（水喉的水是咸的。天上落下来的水是淡的。露台上的几盆鲜花早已枯萎。患腰病的人不必喝蒸馏水了。有些地方有太多的淡水。有的地方没有。这个世界的主要问题仍是"有"与"无"的问题。这个世界像只万花筒。这个世界是一个"不可能"的呈现。这个世界具有极大的引诱。水的不均。食粮的不均。物产的不均。野心像一朵有毒的花。这个世界到处有这种花朵成长。人类只会用战争解决问题。上帝已失踪。智慧变成最可怕的东西。）

雨点越来越大，每一滴都驮了过重的负担，在劲风中，急骤地击打每一样东西。雷声隆隆。电光闪闪。展现在眼前的，一片混乱。屋檐有水带挂下，在闪电中发出光亮，像水晶帘子。透过挂满雨珠的玻璃窗，仍可见到有人撑着黑色的雨伞在斜坡上疾奔。

（黄金涨了。黄金跌了。黄金跌后又涨。黄金涨后又跌。有些国家设法将黄金价格压低。有些国家设法在自由市场提高金价，借以增加储备金的总值。这是黄金战。战争的方式很多。发了财的人到瑞士去滑雪。投机失败的人用刀片割破脉管。罗兰士彩色电视机已从每架四千八百九十五元涨到每架五千三百九十五元了。娱乐的定价与享受的定价经常改变数字。英镑像升降机。美元也在寒风中哆嗦。那个名叫戴高乐的高佬仍不满足。他是丘吉尔的战友。丘吉尔已死。当他反对英国加入共同市场时,有没有想到当年在英国组织自由法军的情景?人的感情就是这样的不可靠。贝当是第一次世界大战的英雄,到了第二次世界大战时他向希特勒低头了。时代的轮子就是这样转的。历史等于舞台上的大花脸,同样的油彩可以勾出不同的脸谱。黄金涨了。黄金跌了。黄金跌后又涨。黄金涨后又跌。我们是黄金的奴隶。伦敦黄金市场于四月一日开市。)

不知道什么时候起,雨势转弱了。天色更黑。黑得像夜晚,雨粒微细,形成灰蒙蒙的一片。那所小学校的篮球场积满了水,像水塘,雨点落在水面,漾开无数个小圆圈,形成一幅活动的图案。山坡上有个没带雨具的行人,吃力地走上坡去,那一对被水浸透了的皮鞋,宛如铁做的,重得很。雷响已止,邻近仍有滴滴答答的雨声。楼上有人在拉小提琴:小夜曲。

(肯尼迪说有办法结束越战。尼克松说有办法结束越战。溪山与奠边府。溪山的守军可以听到对方将炮弹塞入炮筒的声音。那架 F111A 摇翼机被北越击落了。这是和平时期。许多问题像死结一般。以色列飞机轰炸约旦。菲律宾回教学生游行示威反对侵犯沙巴。"一九四一年的考列基陀是英雄主义的地方;一九六一年的考列基陀是污秽而可耻的地方。"混乱的世界。有病的地球。罗德西亚绞死黑人。十个国家的经济专家在瑞京研究新货币。巴拿马城骚乱。华沙学生罢课。这是一个痛苦的时代。有些人用理智去接受痛苦。有些人将痛苦当作一种享受。一个六十岁的中国人已看过好几个朝代。旧日上海法租界的卡夫卡斯与它的老板。今日香港湾仔的上海带街。明日的文化骸骨。文化的持续令人想起一条将断的绳索。人类必须在秩序内求进步。武力不能解决问题。世界仍在混乱中。地球有病了。一百年后的读书人对历史所记载的现阶段必有怀疑。是与非。非与是。道德范围以外的黑白并不是两种颜色。太多的书籍湮没了。智慧被囚禁在没有砖墙的监狱里。水与火的搏斗，印度与巴基斯坦。北韩与南韩。犹太人与阿拉伯人在苏伊士运河两岸怒目而视。塞蒲鲁斯岛上的火药味。这是一个混乱的世界。菲律宾有个少女说是见到了圣灵。这个世界并不缺乏大人物，而是缺乏伟大的小人物。知识给人类一种近似新鲜空气的东西。政治是一个房间。知识分子是这个房间的窗户。有人将希望寄存在月球上，因为地球是有病的。是的，这个地球有病了。当原子弹在广岛上空爆炸时，几万个故事都有了同样的结尾。）

雨已停。远山、大厦、小学校、斜坡……都被灰蒙蒙的迷雾遮盖着。雾气相当重，使面前的景物像梦幻似的隐在一片朦胧中。

一切寂然，与刚才那种扰乱的情形适成对比。没有隆隆的雷响。没有蓝森森的闪电。没有雨。没有风。玻璃窗上的雨珠凝结在一起时仍会迅速滑落。湿度很高。所有的东西都是湿的，包括心灵与思想。

（人类第一次见到了月球的背面。有人依旧相信月球上有个美丽的女人名叫嫦娥。聪明与愚蠢。盲人并不憎厌浓雾。鬼魂在白昼见到人类也会恐惧。浮生若梦。噩梦的元素却是现实。价值与价格。有价值的东西必不会合乎俗人的要求。能够唤起俗人感情的东西只具价格。这是一个商业社会。假古董。假钞票。假字画。假邮票。谁信奉"金钱第一"，必将为金钱的浪潮所淹毙。我们所处的，是一个失望的时代。每一个人都在与他的环境搏斗。大自然对人类的痛苦绝不同情。人类则有一种愚蠢的想法：打倒别人后就可以保证自己的生存。人与人之间的同情基于自怜。不必要的恐慌使人做了许多愚蠢的事情。智者找不出人生的最终目的。哲学家的努力尚未开花结果。世界的外貌不会有什么改变。人类的内在世界像万花筒一般经常转换图案。战争很可怕。自己与自己的交战更痛苦。巴纳医生有办法替人类更换心脏，却没有办法替人类治疗心灵的疾病。截至目前为止，谁也不能正确地指出：人类究竟在追求什么？）

又落雨了。雨似乱箭，从上空刺下来，发出沙沙声。玻璃窗上，水珠子乱飞乱溅，刚才的浓雾不知道游到什么地方去了。蓝森森的电光，在骤雨中闪呀闪的。雷声隆隆。大雨仿佛故意走来寻仇似的，在喧豗中占领大部空间，形成一片混乱。山坡上有一堆树木，在劲风中摇来摆去，绿色的树叶经过雨水洗刷后变成翠绿了。有凄恻的猫叫声传来，只是见不到那只猫。楼上的提琴声已停，说不定拉琴人也有了看雨的心情。

（地球有病了，医生的名字叫作联合国。有许多重要的问题必须获得解答。灾祸已临头。有人喝酒。有人流泪。有人要在这极短的时间内将这个世界当作游艺场。第一次世界大战中，战死的人达八百五十三万八千三百一十五名之多。第二次世界大战中，战死或失踪的人将近两千万。人类能不能避免第三次世界大战？未来是关闭的。谁也不能打开未来之门。当未来变成现在时，它已经不是未来了。权力像一把铁锤。大部分人都像铁锤下的蚂蚁。有权力的人做出任何决定时不再需要历史的理由。在这个宇宙中，最重要的东西据说是生命。没有生命，整个宇宙的存在就会失去意义。生命本身有什么意义？属于过去的，是死的。属于未来的，并不存在。属于现在的，一瞬即逝。诞生前的空白。死亡后的黑暗。有人失去所有的希望。有人不寻求解答。谁也不能捕捉未来。谁也不能将自己的思想放在桌子上。)

再一次,雨势转弱了,仿佛一个发怒的人恢复理智的清醒。有两只苍蝇经由气窗飞进来,嗡嗡嗡地绕着未亮的电灯兜圈。这是令人讨厌的声音。气窗的边缘,滴着水珠,淅淅沥沥。……太多的雨水,将使山坡上的野草在突然的惊醒中较早地绽出嫩头。此刻的雨声有一定的节拍,大自然遂变成乐器的玩弄者。不喜欢雨的人,也会它斜着眼珠子对雨窗看看。雨珠的降落,原是一种可以欣赏的舞蹈。

(自赏者对梦境必有爱恋,梦中的一切并不真实。镜子是一个伟大的撒谎者。没有人不相信它的谎言。照片很逼真,却是另一种真实。照片里的人没有思想。被摄入镜头的人是有思想的。在这个世界上,没有权力的人都变成木偶了。牵线的人说什么,木偶也说什么。前者讲话有声音,后者讲话借用前者的声音。照片是一个魔术家,它叫人将不真实的当作真实。这个世界是真实的,却有可能存在于镜子的那一边。假定这面镜子忽然破碎了。)

天色黑得像夜晚,周围的景物全部迷失在昏暗中。雨似没有尽头的线,从天上挂下来。这地区原是多尘土的,经雨水洗涤后,一切都显得特别干净。空气虽潮湿,却极清新。教堂的钟声响了。这教堂沿着斜坡而筑,前边有许多石级。此刻有雨水从石级上冲下来,像山泉。不知道什么地方仍有凄恻的猫叫声。

（现代人在寻找上帝。人与人之间的隔阂永远无法消除。没有一个人能够在这个世界上得到绝对的快乐。战争解决不了问题。人类的问题应该用人类的智慧去解决。人口在激增中,食粮不够支配。有人企图用战争减少人口,武器大量生产,积藏太多。有人企图用战争去使这些武器不至于成为废物。每一个时代都有野心家想征服地球。有人企图用战争去实现梦想。人与人之间缺乏信任与了解。有人企图用战争去冲破隔阂。蚂蚁也常常处于交战状态。人与蚂蚁用同样的方法去解决问题。人,不能算是万物之灵。）

窗外狂风猎猎,暴雨在雷声与闪电中喧嚣。

一九六八年四月五日

# 吵　架

　　墙上有三枚钉。两枚钉上没有挂东西;一枚钉上挂着一个泥制的脸谱。那是闭着眼睛而脸孔搽得通红的关羽,一派凛然不可侵犯的神气,令人想起"过五关""斩六将"的戏剧。另外两个脸谱则掉在地上,破碎的泥块,有红有黑,无法辨认是谁的脸谱子。

　　天花板上的吊灯,车轮形,轮上装着五盏小灯,两盏已破。

茶几上有一只破碎的玻璃杯。玻璃片与茶叶掺杂在一起。那是上好的龙井。

坐地灯倒在沙发上。灯的式样很古老,用红木雕成一条长龙。龙口系着四条红线,吊着六角形的灯罩。灯罩用纱绫扎成,纱绫上画着八仙过海。在插灯的横档上,垂着一条红色的流苏。这坐地灯虽已倾倒,依旧完整,灯罩内的灯泡没有破。

杯柜上面的那只花瓶已破碎。这是古瓷,不易多得的窑变。花瓶里的几枝剑兰,横七竖八散在杯柜上。杯柜是北欧出品,八呎长,三呎高,两边有抽屉,中间是两扇玻璃门。这两扇玻璃门亦已破碎。玻璃碎片散了一地。阳光从窗外射入,照在地板上,使这些玻璃碎片闪闪如夏夜的萤火虫,熠呀耀的。玻璃碎片邻近有一只竹篮。这竹篮竟是孔雀形的,马来西亚的特产。竹篮旁边是一本八月十八日出版的《时代杂志》,封面是插在月球上的美国旗与旗子周围的许多脚印。这些脚印是太空人杭思朗[1]的。月球尘土,像沙。也许这些尘土根本就是沙。月球沙与地球沙有着显著的不同。不过,脚印却没有什么分别。就在这本《时代杂志》旁边,散着一份被撕碎的日报。深水埗发生凶杀案。精工表特约播映足球

---

[1] 杭思朗今通译阿姆斯特朗。

赛。小型巴士新例明起实施。利舞台公映《女性的秘密》。聘请女佣。梗房出租。"名人"棋赛第二局,高川压倒林海峰。观塘车祸。最后一次政府奖券两周后在大会堂音乐厅搅珠。……撕碎的报纸堆中有一件衬衫,一件剪得稀烂的衬衫。这件稀烂的衣领有唇膏印。

餐桌上有一个没有玻璃的照相架。照相架里的照片已被取出。那是一张十二吋的双人照,撕成两边,一边是露齿而笑的男人,一边是露齿而笑的女人。

靠近餐桌的那堵墙上,装着两盏红木壁灯。与那盏坐地灯的式样十分相似:灯罩也是用纱绫扎成的,不过,图案不同,一盏壁灯的纱绫上画着《嫦娥奔月》,一盏壁灯的纱绫上画着《贵妃出浴》。画着《嫦娥奔月》的壁灯已损坏,显然是被热水壶摔坏的。热水壶破碎了,横在餐桌上,瓶口的软木塞在墙脚,壶内的水在破碎时大部已流出。壁灯周围的墙上,有水渍。墙是髹着枣红色的,与沙发套的颜色完全一样。有了一摊水渍后,很难看。

除了墙壁上的水渍,铺在餐桌的抽纱台布也湿了。这块抽纱台布依旧四平八稳铺在那里,与这个房间的那份凌乱那份不安的气氛,很不调和。

叮唥唥唥……

电话铃响了。没有人接听。这电话机没有生命。电话机纵然传过千言万语，依旧没有生命。在这个饭客厅里，它还能发出声响。它原是放在门边小几上的。那小几翻倒后，电话机也跌在地板上。电线没有断。听筒则搁在机上。

电视机依旧放在墙角，没有跌倒。破碎的荧光幕，使它失去原有的神奇。电视机上有一对日本小摆设。这小摆设是泥塑的，缺乏韧力，比玻璃还脆，着地就破碎不堪。电视机的脚架边，有一只日本的玩具钟。钟面是一只猫脸，钟摆滴答滴答摇动时，那一对圆圆的眼睛也会随着声音左右摆动。此刻钟摆已中止摇动，一对猫眼直直地"凝视"着那一列钢窗。这时候，从窗外射入的阳光更加乏力。

叮唥唥唥……

电话铃又响。这是象征生命的律动，闯入凝固似的宁静，一若太空人闯入阒寂的月球。

墙上挂着一幅油画。这是一幅根据照片描出来的油画。没有艺术性。像广告画一样，是媚俗的东西。画上的一男一女：男的头发梳得光溜溜，穿着新郎礼服；女的化了个浓妆，穿着新娘礼服，打扮得千娇百媚。与那张被撕成两片的照片一样，男的露齿而笑，女的也露齿而笑。这油画已被刀子割破。

刀子在地板上。

刀子的周围是一大堆麻将牌与一大堆筹码。麻将牌的颜色虽鲜艳，却是通常习见的那一种，胶质，六七十元一副。麻将牌是应该放在麻将台上的，放在地板上，使原极凌乱的场面更加凌乱。这些麻将牌，不论"中""发""白"或"东""南""西""北"都曾教人狂喜过，也怨怼过。当它们放在麻将台上时，它们控制人们的情感，使人们变成它们的奴隶。但是现在，它们已失去应有的骄矜与傲岸，乱七八糟地散在地板上，像一堆垃圾。

饭客厅的家具、装饰与摆设是中西合璧而古今共存的。北欧制的沙发旁边，放一只纯东方色彩的红木坐地灯。捷克出品的水晶烟碟之外，却放一只古瓷的窑变。不和谐的配合，也许正是香港家庭的特征。有些香港家庭在客厅的墙上挂着钉在十字架上而呈露痛苦表情的耶稣像之外，竟会在同一层楼中放一个观音菩萨的神龛。在这个饭客厅里，这种矛盾虽不存在，强烈的对比还是有的。就在那一堆麻将牌旁边，是一轴被撕破了的山水。这幅山水，无疑，有印，不落陈套，但纸色新鲜，不像真迹。与这幅山水相对的那堵墙上，挂着一幅米罗的复制品。这种复制品，花二三十块钱就可以买到。如果这画被刀子割破了，绝不会引起惋惜。它却没有被割破。两幅画，像古坟前的石头人似的相对着，也许是屋主人故意的安排。屋主人企图利用这种矛盾来制造一种特殊的气氛,显示香港人在东西文化的冲击中形成的情趣。

除了画,还有一只热带鱼缸与一只白瓷水盂。白瓷水盂栽着一株小盆松,原是放在杯柜上的,作为一种装饰,此刻则跌落在柚木地板上。盂已破,分成两边。小盆松则紧贴着墙脚线,距离破碎了的水盂,约五六呎。那只热带鱼缸的架子是铝质的,充满现代气息,与那只白瓷水盂放在同一个客厅里,极不调和,情形有点像穿元宝领的妇人与穿迷你裙的少女在同一个场合出现。

热带鱼缸原是放在另一只红木茶几上的。那茶几已跌倒,热带鱼缸像一个受伤的士兵,倾斜地靠着沙发前边的搁脚凳。缸架是铝质的,亮晶晶,虽然从茶几掉落在地上,也没有受到损坏。问题是:鱼缸已破,汤汤水水,流了一地。在那一块湿漉漉的地板上,七八条形状不同的热带鱼,有大有小,躺在那里,一动也不动。在死前,它们必然经过一番挣扎。

这饭客厅的凌乱,使原有的高贵与雅致全部消失,加上这几条失水之鱼,气氛益发凄楚。所有的东西都没有生命。那七八条热带鱼,有过生命而又失去,纵纵横横地躺在那里。

电话铃声第三次大作。这声音出现在这寂静的地方,具有浓厚的恐怖意味,有如一个跌落水中而不会游泳的女人,正在大声呼救。

与上次一样，这嘹亮的电话铃声，像大声呼救的女人得不到援救，沉入水中，复归宁静。

突然响起的电话铃声固然可怕，宁静则更具恐怖意味。宁静是沉重的，使这个敞开着窗子的房间有了窒息的感觉。一切都已失却重心，连梦也不敢闯入这杂乱而阴沉的现实。

那只长沙发上放着三只沙发垫。沙发垫的套子也是枣红色的，没有图案。除了这三只沙发垫之外，沙发上凌凌乱乱地堆着一些苹果、葡萄、香蕉、水晶梨。……有些葡萄显然是撞墙而烂的。就在长沙发后边的那堵墙上，葡萄汁的斑痕，紫色的，一条一条地往下淌，像血。

水果盘与烟碟一样，也是水晶的，捷克出品。因撞墙而碎，玻璃碎片溅向四处。长沙发上，玻璃片最多，与那些水果掺杂在一起。

长沙发前有一只长方形的茶几。

茶几上有一张字条，用朗臣打火机压着。字条上潦潦草草写着这样几句：

"我决定走了。你既已另外有了女人，就不必再找我了。阿妈的电话号码你是知道的，如果你要我到律师楼去签离婚书的话，随时打电话给我。电饭煲里有饭菜，只要开了掣，热一热，就可以吃的。”

一九六九年九月三日

一九八〇年八月二十三日改

# 除　夕

云很低,像肮脏的棉花团,淡淡的灰色,摆出待变的形态。然后,淡灰转成昏暗于不知不觉间。大雪将降。这样的天气是很冷的。他身上那件棉袍已穿了七八年,不可能给他太多的温暖。要不是在城里喝过几杯酒,就不能用倔强去遏止震颤。郊外缺乏除夕应有的热闹,疏落的爆竹声,使沉寂显得更加沉寂。这一带的小路多碎石。他无意将踢石当作游戏,却欲借此排除心头的沉闷郁结。几个月前,死神攫去他的儿子。他原是一个喜欢喝酒的人;现在喝得更多。就因为喝多了酒,在小路上行走时,摇摇摆摆,身体不能保持平衡。他仍在踢石。举腿踢空时,身子跌倒在地。他是一个气管多积痰而肥胖似猪的中年人,跌倒后,不想立即站起。有不知名的小虫,在草丛中啾啾觅食。他很好奇,冬天不大有这种事情的。然后见到一只咬尾的野狗,不断打转。这野狗受到自己的愚弄,居然得到乐趣。(多么愚蠢,他想。)他的理智尚未完全浸在酒里,神往在野狗的动作中,思想像一潭死水,偶有枯叶掉落,也会漾开波纹。他眼前的景物出现蓦然的转变,荒郊变成梦境:亭台楼阁间有绣花鞋的轻盈。上房传出老人的打嚏。游廊仍有熟悉的笑声。黑猫在屋脊上咪咪叫。风吹花草,清香扑鼻。院径上铺满被风吹落的花瓣。几只蝴蝶在假山花丛间飞来飞去。荷花池里,大金鱼在水藻中忽隐忽现。他甚至听到鹦鹉在唤叫他的名字了。(不应该喝得那么多,他想。)难道走进了梦境? 他常常企图将梦当作一种工具,捉拿失去的欢乐。纵目尽是现实,这现实并不属于现在。他是回忆的奴隶,常常做梦,以为多少可以获得一些安慰,其实并无好处。说起来,倒是相当矛盾的,在只能吃粥的日子,居然将酒当作不可或缺的享受。

紧闭眼睛,想给梦与现实划分一个界限。

再一次睁开眼来,依旧是亭台楼阁。依旧是雕梁画栋。依旧是树木山石。依旧是游廊幽篁。他甚至见到那对石狮子了。耳畔忽闻隐隐的钟声,这钟声不知来自何处。他见到两扇朱漆大门在轧轧声中启开,门内走出一个少年。(奇怪,这少年很面熟,好像在什么地方见过似的,他想。)正这样想时,那少年对他凝视一阵。看样子,少年也觉得他有点面熟了。这件事使他感到困惑。当他感到困惑时就会习惯地用手搔搔后脑勺。思想像一只胡桃,必须费力将它敲开才能找到问题的答案。那个少年,原来就是他自己。

面前的景物又有了突然的转换,情形有点像翻阅画册。草丛中仍有虫声。那野狗仍在咬尾。远处响起两声爆竹。他眨眨眼睛,用手掌压在地面,将身子支撑起来。天色虽黑,还不至于伸手不见五指。自从搬来郊外居住后,他常于夜间回家,未必想考验自己的胆量,倒是希望有一天会见到鬼。

他常常渴望时光倒流,走进过去的岁月,做一个年轻人,在亭台楼阁间咀嚼繁华,享受热闹,将人世当作游乐场,在一群美丽的女人中肆无忌惮地笑;肆无忌惮地挥舞衣袖;肆无忌惮地讲述绮梦的内容;肆无忌惮地咒骂;肆无忌惮地喊叫……

风势转劲,吹在脸上,宛如小刀子。脑子仍未完全清醒,继续沿着小路朝前走去，只是不再踢石子了。四周黑沉沉的，使他看不清小路上的石子。远山有几间茅屋。点点灯火，倒也消除了一些荒芜感。那几间茅屋当然有人居住。凡是有人居住的地方，到了除夕，总会燃放爆竹。点燃爆竹不一定是儿童们的事。住在郊区的人，只有儿童才会浪费小钱去增添陈少的气氛。这一带的爆竹声疏落，是必然的。没有爆竹声的时候，空气仿佛凝结了。在黑暗中行走，一点也不害怕，因此进入另一个境界。"喂，你回来啦？"突如其来的问话，使他吃惊。睁大眼睛，虽在黑暗中也见到一棵树。树已枯，幽灵似的站在那里。没有枯叶的树枝在风中摇晃，极像长有几十条手臂的妖怪。然后他听到微弱的叮当声，有个女人从树背走出。这个女人的脸孔是鹅蛋形的，一对隐藏深情的眼睛，白皙的皮肤，美得使他想起天仙，因此丝毫没有恐惧。其实，在黑夜的荒郊见到女鬼，是人们深信不疑的事。当他仔细打量对方时，只觉得女人身上的衣服十分单薄。"你应该穿多些。"他说。女人咳嗽了。她是常常咳嗽的。

她走在前边。他在后边跟随。

"这些年来，你在外边怎样过日子？"语调低沉。这就使他更加好奇。然后听到微弱的叮当声，自己已处身于一个大庭园中。她走在前边。他在后边跟随。那些东西都是熟悉的：白石甬路边的花草树木、火盆里发散出来的香味、游廊里挂着的鸟笼与笼中的画眉以及玻璃彩穗灯都是他熟悉的。他一向喜欢这地方：辉煌的灯烛照得所有的陈设更具豪华感，连门神对联都已换上新的了。这是三十晚上。小厮们早已将上屋打扫干净后悬挂祖宗的遗像。鹦鹉在叫，丫头在灯下闲看蚂蚁搬家。当他与那个女人穿过甬路时，一只黄狗走来嗅他了。单凭这一点，他知道他并不是这里的生客。这里，路灯高照。这里，香烟缭绕。有人掷骰子。有人放爆竹。到处弥漫着除夕独有的气氛。这种气氛，具有振奋作用，像酒。人们显已喝过酒了，每个人的脸颊都是红通通的。然后走过那座小木桥，一眼就望见几点山石间的花草。有清香从窗内透出，窗槛边有一只插着蜡梅的花瓶。那女人掀起垂地的竹帘，让他走进去。坐定，照例有丫鬟端龙井来。

"依旧住在这里？"

"依旧住在这里。"

"身体好些？"

"还是老样子。"

"应该多休息，多吃些补品。"

"不会有什么用处。"

"闲来还写诗？"

“过去的事，不必再提。你怎么样？这些年来，在外边怎样过日子？”

“一直在卖画。”

“将画卖给别人？”

“人在连吃饭都成问题的时候，就要将画卖给别人。”

“我很喜欢你的画。”

“我知道。”

“你从来没有送过一幅给我。”

“我会送一幅给你的。”

“在那幅画中，你将画些什么？”

“暂时不告诉你。”

泪水不由自主掉落，她低着头，用手绢轻印泪眼。这是除夕，不应该落泪。她却流泪了。女人不论在悲哀或喜悦的时候，总是这样的。

一个突然的思念使他打了一个寒噤。（我已老了，她怎么还是这样年轻？他想。）不知道什么地方吹来一阵风，窗外的花草在摇曳。他没有注意到这一点，因为他正在寻找失去的快乐与哀愁。另一阵狂风，将屋里的烛光全部吹熄。来自黑暗的，复归黑暗。眼前的一切消失于瞬息间，连说一声“再见”的时间也没有。四周黑沉沉。依旧是除夕，两种不同的心情。

落雨了，当他跌跌撞撞朝前行走时。雨点细小似粉末，风势却强劲。衣角被劲风卷起卷落，扑扑扑、扑扑扑地响着。又打了一个寒噤，将手相拢在袖管里。痉挛性的北风，摇撼树枝梢头，发出的声音，近似饮泣。他继续朝前走去，甚至连雨点已凝结成雪羽也没有发觉。虽然四周黑沉沉的，树根石边有了积雪，依旧看得出来。这里一堆，那里一堆，仿佛洒了面粉似的。积雪并非发光体，在黑暗中居然也会灼烁。气温骤降，不能不快步行走。他应该早些赶回家去。他的妻子正在等他吃年夜饭。（年夜饭？恐怕连粥也是稀薄的。）蓦地刮起一阵狂风，雪羽泼洒在他的脸上。他必须睁大眼睛仔细看看。狂风卷起的雪羽，在黑沉沉的空间飘呀舞的，看起来，像极满屋子的鹅毛在风中打旋。他从小喜欢落雪的日子。现在，这到处飞舞的雪片变成一群白色的小鬼了。小鬼包围着他，形成可怕的威胁。雪片越落越紧，越落越密。

积雪带泥的小路，转为稀松，鞋底压在上面，会发出微弱的吱吱声。袜子湿了，冷冰冰的感觉使他浑身鸡皮疙瘩尽起。他自言自语："不会迷失路途吧。"随即听到一个女人的声音："我在这里！"用眼一扫，只见漫天雪片。不过，他辨得出讲这句话的人是谁。十六七岁年纪，大大的眼睛。她曾经是大庭园里的一个丫鬟，糊里糊涂失去了清白,还以为这是一件值得骄傲的事。这些年来,他倒是常常想到她的。

前面忽然出现灯光。

这灯光从木窗的罅隙间射出来。(在黑暗中,一盏昏黄不明的油灯也能控制一切,他想。)雪仍在劲风中飘落,使他不得不用左手拍去右肩的雪片,然后用右手拍去左肩的雪片。醉意未消,仍能记得他的妻子此刻正坐在油灯旁边等他回去吃饭。他见到了那条小溪,溪中的几块垫脚石是他亲手放的。如果是别人,在雪夜踏过垫脚石,即使不喝酒,也会跌倒。他没有。

"我回来啦!"他嚷。木门启开。他的妻子疾步走出来,屋里的灯光,在风中震颤不已。自从孩子死去后,这个女人就不再发笑。当她搀扶丈夫通过树枝编成的栅门时,不说一句话。进入屋里,使劲将风雪关在门外,舒口气,双瞳依旧是呆定的。她脸上的表情一直好像在哭,只是泪水总不掉落来。"这是除夕,我为你煮了一锅饭。"语调是如此之低,显示她的健康情形正在迅速衰退。

火盆里烧的是潮湿的树枝,青色的烟霭弥漫在这狭小的茅屋里,熏得他猛烈咳呛,脖颈有血管凸起。

北风压木窗,阁阁阁,阁阁阁,仿佛有人冒雪而来,蜷曲手指轻敲窗板。

炉灰被门缝中挤进来的北风吹起。那半明不灭的油盏,阴沉沉的,使泥墙涂了一层阴惨的淡黄。泥墙很薄,令人获得一种感觉:用力打一拳,就会出现一个洞。可是在这些薄薄的泥墙上,居然挂着几副屏条与对联。都是他自己的手迹,并非用作装饰,而是随时准备拿进城去换钱的——当他想喝酒的时候。

油灯的光芒,虽微弱,却跳跃不已,投在墙上的物影,有如一群幽灵。当他的视线落在这些物影上时,回忆使他得到难忍的痛苦。想起豪华门庭的笑声与喧哗,有点怫郁,咽了几口唾沫,始终无法压下烦躁。痛苦的回忆像一件未拧干的湿衣紧裹着他,难受得很。平时,回到家里,总会对他的妻子唠唠叨叨讲述城里遇到的人与事。今晚,连讲话的心情也没有。坐在床沿,怔怔望着那些震颤似幽灵的影子,被过去的欢乐缠绕得心乱,只想呐喊。他的性情一向温和,常常以此自傲,偶尔也会失去理性的控制,多数因为想起了往事。

大声呐喊在他既无必要,叹口气多少也可排除内心的郁闷。不提往事,反而帮助了痛苦的成长。这些日子,借钱买酒的次数已增多。避居郊外也不能摆脱世事的牵缠。那无时无刻不在冀求的东西,使他困惑。有时候,喝了点酒,才知道自己正在努力抢回失去的快乐。“吃吧。”声音来自右方,转过脸去观看,他的妻子没精打采地坐在那只粗糙的小方桌边，低着头，像倦极欲睡的猫。

桌面上的几碗饭菜有热气冒升。这是年夜饭。坐在桌边，他想起了去年的除夕。（去年的除夕也落雪，他想。去年的除夕，也吃了一顿热气腾腾的饭。去年的除夕，孩子还没有死。）他将刚拿起的筷子又放下。叹口气，走去躺在床上。他的妻子望着他。

火盆里有一条潮湿的树枝，发散太多的青烟。他咳了。咳得最厉害时，喉咙发出沙嘎的声音。他的妻子将潮湿的树枝抽去，这间茅屋才被宁静占领。宁静。落针可闻。雪落在屋顶上，原不会发出什么声音。此刻，他却听到了沙沙的雪声。这地方的宁静，有时候就是这样的可怕。（那种结局太悲惨，他想。）每一次想到那结局时，心烦意乱。（那种结局太悲惨。）他的手，下意识地捏揉着那条长长的辫子。那辫子，像绳索般缠绕着他的脖颈。他想到死亡。当他想到死亡时，连青山不改的说法也失去可靠性。骤然间，生命似已离他而去。这种感觉不易找到解释；不过，每一次产生这种感觉，心中的愁闷就会减去不少。他渴望再喝几杯酒，让酒液加浓朦胧恍惚的意识。忽闻一声叹息，神志恢复清醒，不管怎样装作没有听见，心境依旧沉重。他不敢多看妻子一眼。这个可怜的女人早已懂得怎样接受命运的安排；从不埋怨；终究瘦了。她的脸色是如此的难看，显示她不再是一个健康的人。

"不能有这样的结局!"

声音有如刀子划破沉寂,使这个痛苦的女人吓了一跳。她没有开口询问,虽然她不知道他为什么要说这句话。

一滴雪水从上边掉落在他的额上。额角的皱纹很浅,因为他是一个胖子。那雪水留在额角,冷冷的,使他又打了一个寒噤。翻身下床,有意无意用眼搜索,墙角有一只死老鼠。这地方,可以吃的东西实在太少。

"不能有这样的结局!"他说。

木架上有一叠文稿。抽出底下的一部分,投入火盆,熊熊的火舌乱舔空间。他烤手取暖。他将思想烧掉。他将感情烧掉。他将眼泪烧掉。他将哀愁烧掉。他笑。这笑容并不代表欢乐。他的妻子将文稿从他手中夺过去;他将文稿从妻子手中夺过来。"为什么?"她问。他将她推倒在地。这个题材只有在他笔底下才能获得生命。现在,他将这个生命杀戮了。"不能有这样的结局!"他笑。但笑声不能阻止北风的来侵。门与窗再一次阁阁阁、阁阁阁地响起来。这是除夕,久久听不到一声爆竹。当他停止发笑时,乜斜着眼珠子对刚从地上爬起来的妻子望了一下。她很瘦,眼睛无神,好像刚起床的病人。从她的眼睛里,他见到自己。他不认识自己。觉得冷,渴望喝杯酒。有了这样的想念,再也不能保持心境的

205

平和。虽然没有充分的理由，也想骂她几句。这些日子，当他情绪恶劣时，就会将她视作出气筒，将所有的痛苦与愤怒宣泄在她的身上。她能够忍受这样的委屈，只是不肯流泪。她忘记怎样流泪，也忘记怎样发笑。当她将饭菜端到后边去时，只不过叹了一口气，声音微弱，好像树上的枯叶被北风吹落在地上。（明天是元旦，他想。明天没有人买画。）纵目观看，没有一点新的东西。他们的窗子是木板的，无须糊裱。但是，不贴春联，不悬门神，就不像过年。他的视线落在那只死老鼠身上。那只死老鼠忽然像墨汁浸在清水中，溶化了。（奇怪，这几天老是觉得头昏脑涨，不知道什么缘故。）用手指擦亮眼睛，意识清醒了。他手里仍有一叠文稿，一页继一页投入火盆，看火舌怎样跳舞。那不幸的结局被火焚去时，他产生释然的感觉。（没有糖瓜水果，没有糕点水饺，都不成问题。没有酒喝，就完全不是这个味道了。应该设法弄些酒来。）继续将文稿一页又一页投入火盆，盆火映得他的面孔通红。当他失去耐心时，他将剩下的文稿全都投入盆内。起先，火盆仿佛被这过重的负担压熄了，没有火焰，只有青烟往上升。稍过些时，刺鼻的青烟转变为滚滚的浓烟，虽浓，却常常被熊熊的火焰划破。火焰企图突破浓烟的重围，火与烟进入交战状态。他的妻子一边咳一边疾步走出来，火焰占了上风，像螺旋般地往上卷，往上卷，往上卷……他笑了。他的妻子用手掌掩在嘴前,咳得连气也透不转。浓烟消散。火焰像一朵盛开的花。他纵声大笑。火焰逐渐转小,像不敢穷追的胜利者带着骄傲撤退。黑色的灰烬到处飞舞。他的妻子不清不楚讲了两句。他在狂笑。眼前突然出现一阵昏黑,什么东西都不存在了。"醒醒! 醒醒!"——当他苏醒时,尖锐的唤声有点刺耳。(这是怎么一回事? 在城里的时候只喝了几杯酒,绝对不会醉成这样子。)他的妻子对他说:"你一定饿了,我去将饭菜烧热。"他摇摇头,说是不想吃饭,只想喝酒。又有一滴雪水掉落在他的脸上。(明天是元旦。明天没有人买画。今晚城里可热闹了,兜喜神方的人并不是个个避债的。)望望泥壁上挂着的屏条与对联,不自觉地叹口气。(这些字画都卖不出去。想赚钱,还得赶几幅。)翻身下床,使他的妻子更加担忧。"你不舒服,应该多休息。"她说。但作画的兴趣已激起。"我还要进城。""什么时候?""今晚。""外边在落雪。""这是没有办法的事。""黑夜进城很危险,绊跌在地,有可能会受伤。再说,你刚才已晕厥过一次,万一在雪地晕倒,一定会冻死!"他倔强地将白纸铺在桌面,拿起画笔。(明天是元旦。明天没有人买画。)将郁结表达在白纸上,每一笔代表一个新希望。对于他,画就是酒。当他作画时依稀见到许多酒壶与酒杯。然后他的视线模糊了,一些好像见过的东西,忽然乱得一团糟。摇摇头。那些乱七八糟的思念蓦地消失，一若山风吹散浓雾。他笑了。用笔蘸了墨，将他的感情写在白纸上。然后他的视线又模糊了。这一次，有如向空间寻找什么，结果什么也没有找到。他固执地要实现一个愿望，必须保持理智清醒。当他画成那幅画时，仿佛有人在他背上推了一下。手臂往桌面一压，半边脸孔枕在手臂下。他是一个胖子，血压太高。在追寻存在的价值时，跌入永恒。他已离开人世，像倦鸟悄然飞入树林。他的妻子从后边走出来，以为他睡着了。望望画纸，原来画的是一块石头，没有题诗，未盖图章，左侧下端署着三个字：曹雪芹。

一九六九年十二月二十八日写成

一九八〇年八月十九日修改

## 蛇

————

一

　　许仙右腿有个疤,酒盅般大。有人问他:"生过什么疮?"他摇摇头,不肯将事情讲出。其实,这也不是什么可耻的事情,讲出来,绝不会失面子。不讲,因为事情有点古怪。那时候,年纪刚过十一,在草丛间捉蟋蟀,捉到了,放入竹筒。喜悦似浪潮,飞步奔跑,田路横着一条五尺来长的白蛇,纵身跃过,回到家,右腿发红。起先还不觉得什么;后来痛得难忍。郎中为他搽药,浮肿逐渐消失。痊愈时,伤口结了一个疤,酒盅般大。从此,见到粗麻绳或长布带之类的东西,就会吓得魂不附体。

## 二

　　清明。扫墓归来的许仙踏着山径走去湖边。西湖是美丽的。清明时节的西湖更美。对湖有乌云压在山峰。群鸟在空中扑扑乱飞。狂风突作,所有的花花草草都在摇摆中显示慌张。清明似乎是不能没有雨的。雨来了。雨点击打湖面,仿佛投菜入油锅,发出刺耳的沙沙声。他渴望见到船,小船居然一摇一摆地划了过来。登船。船在水中摆荡。当他用衣袖拂去身上的雨珠时,"船家!船家!"呼唤突破雨声的包围。如此清脆。如此动听。岸上有两个女人。许仙斜目偷看,不能不惊诧于对方的妍媚。船老大将船划近岸去。两个女人登船后进入船舱。四目相接。心似鹿撞。垂柳的指尖轻拂舱盖,船在雨的漫漫中划去。于是,简短的谈话开始了。他说:"雨很大。"她说:"雨很大。"舱外是一幅春雨图,图中色彩正在追逐一个意象。风景的色彩原是浓的,一下子给骤雨冲淡了。树木用蓊郁歌颂生机。保俶塔忽然不见。于是笑声咯咯,清脆悦耳。风送雨条。雨条在风中跳舞。船老大的兴致忽然高了,放开嗓子唱几句山歌。有人想到一个问题:"碎月会在三潭下重圆?"白素贞低着头,默然不语。高围墙里的对酌,是第二天的事。第二天,落日的余晖涂金黄于门墙。许仙的靴子仍染昨日之泥。"你来啦?"花香自门内冲出。许仙进入大厅,坐在瓷凳上。除了用山泉泡的龙井外,白素贞还亲手斟了一杯酒。烛光投在酒液上,酒液有微笑的倒影。喝下这微笑,视线开始模糊。入金的火,遂有神奇的变与化。荒诞起自酒后,所有的一切都很甜。

# 三

烛火跳跃。花烛是不能吹熄的。欲望在火头寻找另一个定义。帐内的低语,即使贴耳门缝的丫鬟也听不清楚。那是一种快乐的声音。俏皮的丫鬟知道:一向喜欢西湖景致的白素贞也不愿到西湖去捕捉天堂感了。从窗内透出的香味,未必来自古铜香炉。夜风,正在摇动帘子。墙外传来打更人的锣声,他们还没有睡。

# 四

许仙开药铺，生病的人就多了起来。邻人们都说白素贞有旺夫运，许仙笑得抿不拢嘴，药铺生意兴隆，值得高兴。而最大的喜悦却来自白素贞的耳语。轻轻一句"我已有了"，许仙喜得纵身跃起。

# 五

药铺后边有个院子。院子草木丛杂，且有盆栽。太多的美丽，反而显得凌乱。"这院子，"许仙常常这样想，"应该减少一些花草与树木。"但是，树木与花草偏偏日益深茂。这一天，有人向许仙借医书，医书放在后边的屋子里，必须穿过院子。穿过院子时，一条蛇由院径游入幽深处。许仙眼前出现一阵昏黑，跌倒在地而自己不知。定惊散不一定有效，受了惊吓的许仙还是醒转了。丫鬟扶他入房时，他见到忧容满面的白素贞。"那……那条蛇……"他想讲的是："那条蛇钻入草堆"，但是，说了四个字，就没有气力将余下的半句讲出。他在发抖。一个可怕的印象占领思虑机构。那条蛇虽然没有伤害他,却使他感到极大的不安。那条蛇不再出现。对于他,那条蛇却是无所不在的。白素贞为了帮助他消除可怕的印象,吩咐伙计请捉蛇人来。捉蛇人索取一两银子。白素贞给他二两。捉蛇人在院子里捉到几条枯枝,说了一句"院中没有蛇"之后,大摇大摆走到对街酒楼去喝酒了。白素贞叹口气,吩咐伙计再请一个捉蛇人来。那人索取二两银子,白素贞送他三两。捉蛇人的熟练手法并未收到预期的效果,坚说院中无蛇。白素贞劝许仙不要担忧,许仙说:"亲眼见到的,那条蛇游入乱草堆中。"白素贞吩咐伙计将院中的草木全部拔去。院中无蛇。蛇在许仙脑中。白素贞亲自煎了一大碗药茶给他喝下。他眼前有条黑影不停摇晃。他做了一场梦。梦中,白素贞拿了长剑到昆仑山去盗灵芝草。草是长在仙境的。仙境中有天兵天将。白素贞走到那么遥远的地方去盗草,只为替他医病。他病得半死。没有灵芝草,就会见阎王。白素贞与白鹤比剑。白素贞与黄鹿比剑。不能在比剑时取胜,唯有用眼泪博得南极仙翁的同情与怜悯。她用仙草救活了许仙。……许仙从梦中醒转,睁开惺忪的眼,见白素贞依旧坐在床边,疑窦顿起,用痰塞的声调问:"你是谁?"

# 六

病愈后的许仙仍不能克服盘踞内心的恐惧,每一次踏院径而过,总觉得随时的袭击会来自任何一方。白素贞的体贴引起他的怀疑。他不相信世间会有全美的女人。

# 七

于是有了这样一个阴霾的日子,白素贞在裹粽,许仙在街上被手持禅杖的和尚拦住去路。和尚自称法海,有一对发光的眼睛。法海和尚说:"白素贞是妖精。"法海和尚说:"白素贞是一条蛇。"法海和尚说:"在深山苦炼一千年的蛇精,不愿做神仙。"法海和尚说:"一千年来,常从清泉的倒影中见到自己而不喜欢自己的身形。"法海和尚说:"妖怪抵受不了红尘的引诱,渴望遍尝酸与甜的滋味。"法海和尚说:"她以千年道行换取人间欢乐。"法海和尚说:"人间的欢乐使她忘记自己是妖精。她不喜欢深山中的清泉与夜风与丛莽。"法海和尚说:"明天是端午节,给她喝一杯雄黄酒,她会现原形。"……法海和尚向他化缘。

# 八

桨因鼓声而划分。龙舟与龙舟在火伞下争夺骄傲于水上。白素贞不去凑热闹,只怕过分的疲劳影响胎气。许仙是可以去看看的,却不去。药铺不开门,他比平时更加忙碌。他一向怯懦,有了五毒饼,有了吉祥葫芦,胆子也就壮了起来。大清早,菖蒲与艾子遍插门框,配以符咒,任何毒物都要走避。这一天,他的情绪特别紧张。除了驱毒,还想寻求一个问题的解答。他的妻子,究竟是不是贪图人间欢乐的妖精?他将钟馗捉鬼图贴在门上当作门禁,企图禁锢白素贞于房中。白素贞态度自若,不畏不避。于是,雄黄酒成为唯一有效的镇邪物。相对而坐时许仙斟了一满杯,强要白素贞喝下。白素贞说:"为了孩子,我不能喝。"许仙说:"为了孩子,你必须喝。"白素贞不肯喝。许仙板着面孔生气。白素贞最怕许仙生气,只好举杯浅尝。许仙干了一杯之后,要她也干。她说:"喝得太多,会醉。"许仙说:"醉了,上床休息。"白素贞昂起脖子,将杯中酒一口喝尽。头很重。眼前的景物开始旋转。"我有点不舒服,"她说,"我要回房休息。"许仙扶她回房。她说:"我要在宁静中睡一觉,你到前边去看伙计们打牌。"许仙嗤鼻哼了一声,摇摇摆摆经院子到前边去。过了一个多时辰,摇摇摆摆经院子到后屋来,轻轻推开虚掩着的房门,蹑足走到床边,床上有一条蛇,吓得魂不附体,疾步朝房门走去,门外站着白素贞。"怎么啦?""床上有条蛇。"白素贞拔下插在门框上的艾虎蒲剑,大踏步走进去,以为床上当真有蛇,床上只有一条刚才解下的腰带!

# 九

许仙走去金山寺,找法海和尚。知客僧说:"法海方丈已于上月圆寂。"许仙说:"前日还在街上遇见他。"知客僧说:"你遇到的,一定是另外一个和尚。"

一九七八年八月十一日作

# 蜘　蛛　精

蜘蛛精赤裸着身体，从水中爬出。她的六个妹妹也赤裸着身体，从水中爬出。她们的衣服不见了。她们的衣服被孙悟空偷去了。光着屁股在荒野奔跑，她们是有点狼狈的。她们的脚步快得像旋转中的车轮，惊悸中仍有狂喜。在奔回盘丝洞的途中，凌乱的脚步声掺杂咯咯的痴笑声。这一天发生的事情都不依照规矩，她们说不出多么的兴奋。奔入洞内，封闭洞门后始获换气的机会。虽然事情出乎意料，既已回洞，心情就不像先前那样慌乱了。一个小妖怪说："那臭猪真坏，变了鱼，尽在我的大腿间游来游去！"另一个小妖怪："快将唐僧蒸熟吃下！"蜘蛛精说："不要性急。这是十世修行的真体，蒸熟之前，还有别的用处。"六个小妖怪齐声问："什么用处？"蜘蛛精不答。小妖怪们都想长生不老；蜘蛛精却有其他的希望。蜘蛛精婀婀娜娜走进小山洞，看到吊在梁上的唐僧仍在念经。唐僧看到赤裸着身体的蜘蛛精，忙不迭闭上眼睛。阿弥陀佛阿弥陀佛阿弥陀佛阿弥陀佛阿弥陀佛阿弥陀佛阿弥陀佛……蜘蛛精将唐僧放下。松绑。他以为这是可以离去的时候了，拔腿便奔。蜘蛛精肚子一挺，肚脐吐出丝绳，摘下一段，将唐僧的手反背捆绑。唐僧浑身发抖，额角有汗珠流出。悟空你在哪里为什么不来救我悟能悟净你们在哪里为什么不来救我蜘蛛精身上的香味具有特殊的诱惑力，闭着眼睛的唐三藏不能阻止香气钻入鼻孔。闭着眼睛的唐僧，心很慌，意很乱，只差没有喊叫。悟空在什么地方香气扑鼻，像酒坛被突然打破似的。昏黄不明的盘丝洞，妖氛阵阵。唐僧不敢睁开眼睛观看，但觉五指在他的脸颊上轻轻抚摩。她是妖怪她不是美女她是妖怪变成的美女刚才留下的印象仍深：熠耀似宝石的眼睛，白嫩透红像荷瓣的皮肤。她确是很美的。笑时窝现。不要看她绝对不要看她……很香……那是一种奇异的香味……从她身上发散出来的她将嘴巴凑在他的耳边。从她嘴里呵出来的气息,也有兰之芬芳。阿弥陀佛睁开眼来看我。仔细看看。你会喜欢的。一定会。不能看她绝对不能阿弥陀佛阿弥陀佛阿弥陀佛柔唇印在面颊上。面颊痒得需要用手搔。啊哟这是怎么一回事我的心怎会跳得这么快阿弥陀佛阿弥陀佛阿弥陀佛糟糕我的心跳得更快了咚咚咚……好像在打鼓阿弥陀佛阿弥陀佛阿弥陀佛"和尚,睁开眼来,看看我!"不能看绝对不能看她是妖怪她不是美女她是妖怪变成的美女她不是真正的美女她是妖精她不是女人她不是人唇唇相印。慌慌忙忙将头偏向一边。反背受缚的手一点用处也没有。心乱如麻。阿弥陀佛阿弥陀佛悟空究竟到什么地方去了为什么还不来救我阿弥陀佛怎么这样香啊阿弥陀佛她是妖怪变成的美女我知道"看看我!仔细看看!"她很美即使闭上眼睛她的笑容仍会出现在我的脑子里阿弥陀佛阿弥陀佛阿弥陀佛玉臂紧若铁箍。唐僧被铁箍箍住了。无法克服恐惧。惊惶使他流汗。不得了啦她的手……"和尚,我喜欢你!"她想吃我的肉吃了我的肉可以长生不老四片嘴唇再一次印在一起。糟糕她的手……阿弥陀佛阿弥陀佛这怎么可以阿弥陀佛阿弥陀佛她的手伸进我的袈裟来了阿弥陀佛阿弥陀佛悟空为什么还不来救我唐僧的手被捆绑了。唐僧的脚未被捆绑。他未必能够逃出盘丝洞,却是可以避开蜘蛛精的纠缠的。他站起,想迈开脚步,立即坐下。这是怎么一回事……我怎么会……她死缠着他,像攀墙藤。阿弥陀佛我动了心了阿弥陀佛她是妖怪阿弥陀佛她想吃我的肉阿弥陀佛我怎会动心的他侧转身子,使她的手无法往下摸。什么事情都可以让她知道唯独这件事不能让她知道曲背弯腰。膝盖顶住胸口。阿弥陀佛那香气使我闻了难熬阿弥陀佛不要看她不要想她阿弥陀佛不要想她不要看她阿弥陀佛手指像十个顽童,在戏弄中获得狂喜。蜘蛛精不是顽童。蜘蛛精是妖怪。妖怪也有希冀。她与六个小妖怪不同。小妖怪们只想长生不老。蜘蛛精希望得到更多。蜘蛛精要长生;更想上天做神仙。吃了唐僧肉可以长生不老;吃了唐僧的精液也许可以变成神仙。蜘蛛精有野心,无论什么时候,总要比六个妹妹多得一些。阿弥陀佛阿弥陀佛阿弥陀佛"和尚,你头上的头发削去了,下面呢? 有没有削掉? 让我摸摸!"啊哟她怎么一点羞耻心也没有这种不堪入耳的话也讲得出来阿弥陀佛她怎么这样轻佻阿弥陀佛"和尚,大家都说你是十世修行的真体,吃了你的肉,就会长生不老;吃了你的精,会不会变神仙?"阿弥陀佛"就算我上天做了神仙,我也会为你生个小和尚!"阿弥陀佛阿弥陀佛"来呀,和尚! 我为你传宗接代!"阿弥陀佛阿弥陀佛阿弥陀佛竭力控制着自己,唐僧希望进入没有自我观念的境界。虔诚向佛,在这时已无法做到。想抗拒胴体的引诱,唯有紧闭眼睛。眼睛紧闭着,那滑腻的胴体依旧出现在脑子里。这是挣扎。这是搏斗。香气不断钻入鼻孔。五指在小腹上跳舞。战况剧烈。到西天去取经的和尚从未有过类似的经验。和尚心似未理的丝。无形的防堤已失去效用。攻者猛攻。守者慌张。悟空为什么还不来悟能为什么还不来悟净为什么还不来你们不要师父啦……烟雾来自石罅。依稀听到微弱的瀑溅声。糟糕她们在烧水了水为十世修行的真体而沸腾,卜洛洛的水声,刺耳又刺心。悟空不来我就活不下去了水声更响。烟雾更浓。她们烧滚了水之后会将我蒸熟汗珠纷纷滑落。我要死了越想越慌张,心似刀绞般难受。真讨厌她的手为什么还在乱摸厉声怒叱,吓得蜘蛛精缩回那只讨厌的手。我能克邪唐僧下了太早的结论。那蜘蛛精已将他的袈裟解开。羞耻失去遮盖。和尚的身体孕育了妖精的野心。完了完了一切都完了阿弥陀佛罪过罪过阿弥陀佛这种事情即使出现在梦中也会有罪悟空你在什么地方悟能悟净你们在什么地方你们不要我了你们为什么不来救我妖精的嘴,像啄木鸟的嘴。和尚的身体,像树干。和尚喊叫。洞壁的回声不能成为阻吓。蜘蛛精的笑声犹如齐发的飞箭。阿弥陀佛阿弥陀佛阿弥陀佛阿弥陀佛阿弥陀佛越轨的动作。唐僧狂叫。完了秘密蓦地失去掩蔽。所有的防卫都被消除。是唐僧背弃了佛抑或佛背弃了唐僧？唐僧心一横，睁开眼来仔细端详这个美丽的妖精。既是最后的一刻何不趁此多看几眼唐僧在慌乱中睁开眼睛，见到了从来未见过的部分。该死！我怎么会⋯⋯

一九七八年十二月二十九日

# 黑色里的白色　白色里的黑色

天是黑的。海是黑的。"蛇船"是黑的。"蛇船"的暗格里,有二十几条"人蛇",挤在一起,像一堆关在铁笼中的田鸡。暗格里的臭气,由汗臭、鱼腥、呕吐物和尿粪合成,很难闻。虽然不断有人呕吐,谁也不抱怨。他们肯忍受痛苦,因为他们相信短暂的痛苦可以换取长期的快乐。他们只有梦想,完全没有认识到偷渡是一种赌徒的自欺。梦想如黑布般绑住眼睛,使他们将一片黑色当作美景。这时,天还没有亮,黑暗仍是他们的保护色。黑色的"蛇船"在黑色的海上航行,抵达西环下碧瑶湾时,四点不到。"人蛇"们怀着中彩者的兴奋和喜悦上岸,分别是朝薄扶林道、域多利道、沙宣道奔去,凌乱四散。……

将九元八角的邮票贴在信封上,麦祥用原子笔写上自己的姓名和地址,塞两张空白的信纸在信封里,封口。然后,将九元八角的邮票贴在另一只信封上,用原子笔写上自己的姓名和地址,塞两张空白的信纸在信封里,封口。然后,将九元八角的邮票贴在另一只信封上,用原子笔写自己的姓名和地址,塞两张空白的信纸在信封里,封口。

这三封信,都是寄给自己的。

他喜欢集邮,除了万寿纪念票与区票外,还喜欢收集香港邮局的开局封与闭局封。今天是一九九一年七月二十七日,上环邮政局将在下午一时停止办公。他打算吃过早餐搭乘地车到上环邮局去寄发这三个闭局封。

与父母和长年坐轮椅的妹妹一同吃早餐时,他阅读日报。他习惯在吃早餐时阅读日报。

骗财骗色案续审。花边新闻的内容夺得头条新闻的地位。裸照。圈套。开房。用"口交"换取十万港元。年轻女人宁愿将无知当作墨汁涂黑良心，到没有"耻"字的地方去做不合理的事情。在她们的心目中，金钱是最重要的东西。为了金钱。她们给自己发通行证。跳过错误的高栏，进入别人设的圈套，还以为是仙境。对于她们，道德和羞愧等于变馊了的食物，早已过时，应该当作垃圾丢掉。

吃过早餐，麦祥打电话给六叔。六叔住在元朗，也喜欢集邮。

"上环邮局今午一点停止办公，"麦祥问，"有兴趣走去做几个闭局封吗？"

"不去了。"六叔答。

"为什么？"

"我要陪强仔到屯门去。"

"到屯门去做什么？"

"画画。"

"什么？"

"轻便铁路举行'轻便儿童绘画比赛'，有五十个屯门、元朗区的小朋友到轻便铁路总站即席挥毫。强仔也参加，我即刻要陪他到屯门码头去。"

"这样说来,你不打算做上环邮局的闭局封了?"

"你替我做两个,挂号寄给我。"

收线。麦祥坐在写字台前,取出两个信封,贴邮票,写姓名和地址。这两封信,是寄给六叔的。然后走入卧房更换衣服,到地铁站去。

朝地铁站走去时,人群中忽然有个青年窜出,像一支飞箭似的"飞"过来,将麦祥撞向一边,使麦祥的身体失去平衡,必须用手掌支撑商店的橱窗。稍过片刻,麦祥见到一个肥胖的中年妇人气喘吁吁从人群中挤出。明显地,胖妇企图加快脚步,但不灵活的两腿使她的动作有点滑稽。她一再用略带沙哑的声调呼喊:"抢嘢!抢嘢!"

继续朝地铁站走去时,有人在为内地灾胞募捐。麦祥掏出两张"青蟹"塞在募捐箱里。五分钟后,他走入地铁站。

车厢里，一个十五六岁的少年看连环画书。一个脸上搽着太多脂粉的妇人在玩 Game Boy。一个戴金丝眼镜、围金项链、插金笔、戴金戒指的彪形大汉在看八卦周刊。一个高大壮实的青年男子，站在靠近车门的地方，背靠扶手棍，聚精会神看连环图画书。这个青年男子的头发是卷曲的，有一部分染成金黄色的，右耳戴耳环，左耳不戴，身上一件烫着"多多电力多多Fun"几个字的 T 恤，配一条石磨蓝的牛仔裤。至于脚穿的那对 Bossini 运动鞋，却显得像画家的抹笔布。

地车到站。

车门打开，一个老太婆震颤地走进来。

那个高大壮实的、正在阅读连环图画书的青年男子蓦然意识到目的地已到，鲁莽地朝车门冲去，将刚从门外走进来的老太婆撞倒而不顾。麦祥忙不迭走去搀扶老太婆，发现老太婆满脸皱纹，好像刚摊开的纸团。

地车到达上环，麦祥疾步朝上环邮局走去。上环邮局设在干诺道中一五九号启德商场一楼，距离地铁站不远。麦祥以为邮局里有许多集邮人士在做闭局封，却发现事实与他的猜想不一样。三年前，上环邮局从永乐街搬到这里时，麦祥也曾赶去永乐街旧邮局做过闭局封。永乐街旧邮局的确十分陈旧,天花板吊着不少风扇,与时代脱了节,不能不搬。可是,位于启德商业大厦一楼的上环邮政局,从一九八八年十月三日启用到现在,才不过三年左右,很新,却要关闭了。这种情形,似乎只有一个解释:香港的邮政正在加速改进的步伐。麦祥走去柜台前,将五封挂号信交给邮局职员盖印。邮局职员将"投寄挂号邮件证明书"交给麦祥后,在信封上盖印。麦祥并不立即离去,站在髹成白色的方形柱旁边,仔细观看这邮局的每一样东西。三年前,他到这里来做开局封时,这家以蓝白两色为主的邮局,给他留下很深的印象。

走出邮局,悠闲地在街边漫步。走了一阵,见到一家书店。店里没有顾客。只有一个五十岁左右肥婆坐在柜台边。肥婆很和善,不是那种见到买书顾客会露阿谀笑容的店主,也不是那种见到只看不买的顾客会报以白眼的售货员。麦祥走入书店,先看摆在木台上的书,然后预览书架上的书。木台上摆着许多文字商品。书架上也放着许多文字商品。《生财之道》《欧美时款毛衫》《买楼指南》《掌相》《两性杂谈》《名人秘闻》《太空大战》《致电捷径》《写真集》《鬼故事》《新婚性生活》《武侠系列》《食谱》《火柴游戏》《黄金投资》《妹妹我爱你》《初学游泳》《麻衣相法》《室内风水》……书店的面积不大,却摆着太多文字商品。这地方其实是相当清洁的,麦祥在观看这些书的封面时,竟产生了思想受污染的感觉。他是一个喜欢读书的人,不但不能从这些书籍中得到愿望的满足,而且有点厌恶,想离去,忽然见到杨绛的《倒影集》与师陀的《恶梦集》,仿佛在垃圾堆里找到有价值的东西,略带躁急地伸出手去,将两本书从书架上拿下来。两本书的定价都是十五元,比那些文字商品便宜得多。不仅如此,两本书的封面都贴着"六折"的小纸条,使麦祥的心情顿时好转,兴奋地将这两本书拿去柜台边交给肥婆付钱。肥婆一边用食指按捺计数机一边问:

"买给你父亲?"

"买给自己。"麦祥答。

"你很年轻。"

"年轻?"麦祥不明白肥婆的话意。

"现在的年轻人很少喜欢阅读文学书的,"肥婆说,"现在年轻人喜欢观看连环图画书、写真集、消闲小说……"

"但是,你这里两本也有文学书出售。"

"说实话,这两本书早已绝版,放在书架上已有两三年了。打九折,没有人买。打八折,没有人买。打七折,也没有人买。现在,打六折,你要了。"

肥婆将两本书塞入胶袋,交给麦祥。麦祥付了书款,走出书店。他有太多的时间可以"杀"掉,沿着电车路悠闲地朝中环走去,打算到中环一家快餐店去吃中饭。

经过永和街口时,他遇到多日未见的老陈。老陈抱着一只浑身发抖、腿部有血的瘦狗,站在人行道上。麦祥问:

"到什么地方去?"

"在横街见到这只野狗。"老陈一边答话,一边向疾驰而来的计程车挥手,"我决定到香港爱护动物协会去,将它交给兽医。"计程车停定,麦祥替老陈拉开车门,老陈抱着病狗进入车厢。

快餐店总不会太冷静的,尤其是中午,人多嘈杂,找空位需要耐心。麦祥买了汉堡包与橙汁,兜来兜去找空位。刚坐下,就听到有人在大声谈论警方和犁庭扫穴行动。"在行动中,"那人说,"警方在罪恶黑点地区抓到九名男女,包括两名通犯。唉!香港有太多的罪恶黑点!"

吃过东西,麦祥要到西湾河的文娱中心去听音乐。两天前,音乐事务统筹处寄了一张入场券给他,请他出席今天的"'西湾河美乐会知音'音乐会"。音乐会在下午三点举行,时间还早,麦祥怀

230

着逸适的心情顺着两旁尽是高楼大厦的街道漫步。虽然是一个偏爱私有时间的人，麦祥却不会因城市的喧嚣和挤逼感产生无奈的感觉，甚至自困。他喜欢新事物，却不会主张废弃古老的电车。他一直认为电车是"东方之珠"的活动标志，应该像尖沙咀的钟楼那样保留下来。香港是一个迅速发展的城市，旧的房屋多数已拆卸，特别是中环，有些半新不旧的建筑物也被拆卸了。麦祥对大酒店和告罗士打的印象是相当模糊的，走入置地广场后，纵然什么东西也不买，这个商场的现代感也使他产生了处身于新环境的满足与喜悦。然后，到环球商场兜了一圈。环球商场使麦祥想起旧邮政总局，也联想到香港总是在建设中求取改进价值的事实。因此，当他搭乘小巴前往西湾河的时候，他用欣赏艺术品的目光注视车窗外的景物。香港街道总有许多动和静的东西值得欣赏，特别是正在拆卸的旧楼和正在兴建的新楼。

小巴抵达东区，到处是路政署的铁马，到处有工人在挖掘路面。英皇道变成一条千疮百孔的马路，行车线上的车辆，必须像蜗牛似的缓慢移动，甚至停驶。当小巴跟随前边的车辆"爬"到鲗鱼涌时，竟因塞车停了三分钟左右。就在小巴被阻前进的时候，麦祥见到人行道上有一个妇人替一个四五岁的男孩解开裤裆的纽扣，吩咐男孩撒尿，男孩将尿射向马路。几乎是同时，另一个妇人牵着一个三四岁的女孩走到路边，妇人替女孩脱下底裤，女孩蹲下身子，排尿。距离女孩不足两码之处，有个老头子在猛烈地呛咳，咳了一阵，吐一口浓痰在人行道上。

麦祥在太安楼附近下车，疾步穿过东区走廊下的小公园，朝地铁站左侧的西湾河文娱中心走去。走入文娱中心，三点未到，拿起那本放在椅子靠手上的特刊，仔细阅读。虽然从未学过任何乐器，他却一直爱好音乐。对于他，音乐是经过安排的声音，等于画家将颜色涂在适当的位置，具有激发感情的力量，是孤独者的伴侣，也是沮丧者的兴奋剂。因此，音乐营初级音乐团在陈树森指挥下演奏葛利格的《葛利格组曲》时，麦祥的心灵顿时充实起来了。平时，麦祥一直在接受城市噪声污染；现在，耳朵变成舌头，使他尝到了感情的甜味。他对音乐有相当强烈的感受力，即使对音乐没有什么认识，听到具有民族特色的音乐，总会得到进入美境时产生的欣忭与轻松。使他难忘的是：有一位客席音乐家在曲终时因过分投入而搁断琴弦，听众报以如雷的掌声。

走出西湾河文娱中心，麦祥向报摊买了一份《新晚报》，边走边读。头条新闻的两行大字标题具有难以抗拒的吸引性：

回到家,父母和长年坐轮椅的妹妹都在看电视直播的"演艺界总动员忘我大汇演"。麦祥的热情顿时像烟火上的滚水般腾涌,坐下,睁大眼睛凝视荧光幕。芳艳芬的歌声加萧芳芳的歌声加钟楚红的歌声,组成一条很长很长很长的线,将每一个听者的心都贯串起来了。父亲说:"芳艳芬是名伶,已有三十三年没有公开演唱。为了赈灾筹款,不但唱她不熟的歌,还捐出一幅水墨画拍卖。……数以万计的灾民在极度困苦的情况中挣扎,香港人怎么可以不伸出手去?抗洪救灾是应该做的事,也是必须做的事。"母亲说:"每一个香港人都应该将心掏出来,结成一颗香港心,送给灾民。"父亲打电话捐了三千元,继续看电视节目。天还没有黑,荧光屏上的跑马地,虽在骄阳照射下,却密密层层挤着许多急于掏心的香港人。叶倩文唱了《心有阳光》。

亚视本港台的新闻报告员。在"六点钟新闻"开始的时候,用凝重的声调报道发生在元朗锦田水头村的警匪枪战。静静的水头村忽然变成战场,悍匪引爆的手榴弹,几乎使香港的基础也震荡了。麦祥看到这种情景,不能没有感慨。匪徒们一直在噩梦中过日子,让非分的希冀夺去了理智,总想通过侥幸的狭道抢得利益,做出不应该做的事。他们存心要考验香港的承受力有多高。

母亲走去厨房炒菜煮饭。父亲走入冲凉房洗澡。麦祥和妹妹仍在客厅里看《忘我大汇演》。柯受良表演《跨过千里浪飞车》,使麦祥和他的妹妹都紧张得目瞪口呆。挨着,林青霞、杨紫琼、洪金宝合演《水淹金山》。这出《水淹金山》演完后,母亲将饭菜端了出来。当他们吃晚饭时,巩俐唱《我曾用心爱着你》。巩俐眼眶里噙着的泪水,是真情的显现,不是外表的伪装。她真实地显露了"我",不是银幕上的第二个"我"。

夜渐深。电话铃得啷啷地响了。麦祥走去接听,听筒中传来老同学司徒诚的声音。司徒诚说:"刚才我在楼下餐厅喝咖啡,两名餐厅职员慌慌张张地从外边走回来,说是拿了当天的营业额到附近的汇丰银行去存夜库,走到街角,给两个持枪大汉将钱袋抢去了!"

"有没有抓到劫匪?"麦祥问。

司徒诚用叹息似的声调答:"没有。"

将听筒放回电话机后,麦祥继续看电视。荧光屏映出数字,《忘我大汇演》筹得善款三千四百多万元。《大汇演》主持人用兴奋的声调宣布:有一位没有在荧光屏出现的何伯肯照这个总数多捐一倍。麦祥大受感动,走入冲凉房洗澡时,先用毛巾将脸颊上的泪水抹掉。

原定七点播映的《新闻透视》,因直播《忘我大汇演》改在十一点左右播出。麦祥一向喜欢看这个节目,洗过澡,坐在电视机前收看《新闻透视》。这天晚上,节目主持人谈到国际商业信贷银行倒闭的影响时,访问了几个国商银行的存户,一个存户说:"我一生的积蓄不见了。"一个存户说:"我拿的是本票,却被当作支票处理。"一个存户哭得气噎堵塞,说不清楚心里要说的话。

上床后,麦祥阅读上午在那家书店购得的《倒影集》。他习惯在睡前看书。

有人蜷曲手指轻敲房门。麦祥走去将门拉开。原来是母亲。

"什么事?"他问。

母亲将一叠钞票塞在他手里,低声说:

"明天,你经过红十字会或银行时,请他们代收这一点捐款。"

黑夜为柴湾村披上黑色的大衣,但是十四座的露天食肆依旧灯火通明,仿佛黑色大衣上别着一枚钻石饰针似的,闪闪发亮。吃消夜的食客相当多,有说,有笑,声音嘈杂,噪意犹如年初二在港湾

235

燃放的焰火,不断升向高空……高空蓦地飞下一只瓦制的花盆,击中一个正跟朋友讲述麻雀经的中年男子的头部。中年男子的头颅破裂,在送医院途中断气。

一九九一年十一月五日

# 盘 古 与 黑

一

盘古入睡后，做了一个梦，梦见黑黑黑黑黑

————————————片昏黑。

睡了很长很长很长很长很长很长很长很长很长很长很长的一觉后,盘古醒了,睁开眼睛观看,展现在眼前的依旧是:黑黑黑黑黑————————————————————————

————————————片昏黑。

## 二

黑。绝对的黑。没有第二种颜色。没有青。没有赤。没有黄。没有白。黑是一切。一切是黑。盘古生活在黑暗里,一直被黑暗包围着,只有触觉能够证明他的存在,只有触觉能够证明别的东西的存在。他不认识自己,也不认识别的东西。

他常常听到声音。不同的声音。喊声。哭声。笑声。这些声音都是他自己发出来的。他发出笑声,并不是因为快乐,而是感到难忍的痛苦。对于他,最痛苦的时候是没有声音的时候。——静寂会帮助黑暗变成更沉重的压力。

(这是什么?)

没有这种语言。根本没有语言。只有思想。他脑子里只有单纯的思想。

他憎恨黑，因为伸手不见五指的黑使他的眼睛变成多余。

黑是障碍，一直包围着他，推不开，赶不掉。

（这是什么？）

粗糙的，坚硬的，黑色的东西。

黑。黑。黑。展现在眼前的，只是一片昏黑。他伸出手去，常常摸到粗糙而坚硬的东西。黑。黑。可怕的黑。他扪搎自己。用右手摸左手。用左手摸右手。不知道手有什么用处。手会动。那粗糙而坚硬的东西不会动。黑。黑。黑。黑。黑。黑。无尽无止的黑。黑。黑。黑。（这是什么地方？）黑。黑。黑。

## 三

只有黑，没有白。

心平气和的时候，眼前的黑，好像排列过的一样，并不乱。他未必能够见到不乱的情景，但在感觉上，那一片昏黑是不乱的：

黑黑黑黑黑黑黑黑黑黑黑黑黑黑黑

黑黑黑黑黑黑黑黑黑黑黑黑黑黑黑黑黑

黑黑黑黑黑黑黑黑黑黑黑黑黑黑黑黑黑

黑黑黑黑黑黑黑黑黑黑黑黑黑黑黑黑黑黑

但是,心烦意乱的时候,周围的黑就会乱成这样:

对于他,黑是可怕的东西,重得难以承受。不过,他必须承受。

长时期被黑"禁锢"着的盘古,因为没有见过别的颜色,非常讨厌黑色。他常在黑暗中走来走去,没有目的地,也无法解释自己的行为。

他不了解时间的价值,也不理会。他根本不知道时间是什么,对"过去""现在""未来"的无限流转,全无认识。他一直生活在黑暗中,既无辨认时间的能力,更不明了它的重要性。他有"过去",他的"过去"是一片黑。他有"现在",他的"现在"是一片黑。至于"未来"?他只有一个愿望:突破昏黑的包围。

他是接触过一些东西的,不过,他不知道这些东西是什么,也无从猜度。

他从未喜过、乐过;只有怒与哀。

他不觉得黑是属于他的;也不觉得他是属于黑的。

他很寂寞;但是"寂寞"两个字不能充分概括他的感受。如果黑是监狱的话，他是囚犯。他不知道用什么方法可以击退黑暗，但是击退黑暗的希冀一直没有减弱。

蕴藏在内心的憎恨必须向外发出，他蹲下身子，用手摸索。

# 四

他摸到一块石头，抓紧，擎起，咬紧牙关，愤然掷向黑暗。

石头击中黑暗里的石壁，不但发出碰击的声音，还迸出火花。这火花甫现即逝。

盘古终于见到了另一种东西：火花。这火花虽然一霎眼就消失，却是从未见过的东西。

他要再看看火花。

再一次，他在黑暗中摸索，希望摸到另一块石头。

摸到另一块石头后，抓紧，直起身体，咬紧牙关，愤然向黑暗掷去。他痛恨黑暗。黑暗是他的仇敌。

石头击中石壁，不但发出碰撞的声音，还迸射火花。这火花依旧一霎眼就消失，却使盘古的生命有了新的意义。他从未见过光。火花是光。

他希望经常看到火花。他希望凭借火花看到以前从未见过的东西。

一次又一次,他在黑暗中摸索石头,摸到后,用力朝黑暗掷去。石头击中石壁就会迸射火花,但火花总是甫现即逝。

在此之前,他的思想与眼睛见到的东西一样,除了黑,没有别的。见过火花后,他开始懂得思索了。简单的意识作用使他知道:除了黑之外,还有火花,而火花却是与黑对立的。火花是另一种存在,也是另一种现象。

他喜欢火花。

他喜欢光。

当黑的压力越来越重时,他希望见到更多的光,甚至用光去击退黑。

怀着这种希冀,他更积极地用手摸索。

摸到一块石头后,蹲下,用石头重击脚下的石头。他见到了较多的火花;但是这些火花依旧不能使他清楚看到周围的东西。他将击石的动作当作一种工作,甚至是一种娱乐。

理由很简单:每一次见到火花,心里就会产生轻松的感觉——以前从未有过的感觉。

为了见到更多的火花;同时为了减轻黑的压力,除了睡觉,就会不断以石击石,让火花在石头的撞击中不断出现。

他希望在混芒中找到光，然后将光当作武器去突破黑的包围。

为了击退黑暗，继续以石击石，但得到的只是火花。这些火花是如此的微弱，不能给黑暗较大的威胁。

他必须找到可以击退黑暗的光。他见过闪耀即逝的火花，却没有见过明亮炫目的光线。火花与光线之间的强弱度有很大的差率。

当他认识到火花不能击退黑暗时，他趴在地上，用手探寻搜索更锐利的东西。

他找到的，只是石头。

并不气馁，他继续趴在地上摸索。

经过很长时间的摸索，竟找到了一块有厚刃、可以砍砸、形状似斧槌的大石。

他用这块斧槌形的大石砍劈石壁。

# 五

将石壁劈开后，仍是一片混芒。盘古已感疲乏，依旧未能找到明亮炫目的光线。黑暗继续包裹着他，压力越来越重。他对黑的憎恨不但没有消除，反而增加。为了避免石壁复合，他用身体顶住劈开的裂罅。

继续砍劈。

砍劈。砍劈。砍劈。砍劈。砍劈。砍劈。砍劈。砍劈。砍劈。砍劈。砍劈。砍劈。砍劈。砍劈。砍劈。砍劈。砍劈。砍劈。砍劈。砍劈。砍劈。砍劈。砍劈。砍劈。砍劈。砍劈。砍劈。砍劈。砍劈。砍劈。砍劈。砍劈。砍劈。砍劈。砍劈……

当"天"与"地"分开时,盘古精力耗尽,浑身颤抖,死了。

死后,依旧睁大眼睛望着黑暗。然后,左眼飞出,变成太阳;右眼飞出,变成月亮。

一九九三年七月二日作

# 风　雨　篇

夜如行脚僧在荒郊步行。

秋雨绵绵。

叶落一串串，随风摇坠。林间狼嗥是中夜的歌唱者，极寥落；更厌蟋蟀常来觅伴以啾啾。如今，风和雨竟成了野屋的唯一客人，呼呼刮来，似怒似愁似老妪饮泣。

山中人，怕风，更怕雨，特别是那等待丈夫归来的妇人，风雨对她就会像丧钟般可怕。

她久久凝视灯花的飞溅，神往在烟影里，已达一宵。时近拂晓，雨仍在击打破帘，淅沥作回声，一如私语。"还没有回来？为什么还没有回来？"她揉揉疲惫的眼，推开破窗：又见一片阴黯天色，阴黯得仿佛在生气，又仿佛是一个惊叹号。吹熄灯，唯耗子仍在咀嚼寂寞。举首望残檐，旧巢边比昨日又多了几圈蛛网。想旧春犹有黄雀穿来穿去，此时连爱热闹的野鸡因找不到热闹而远飞。有第一声鸡鸣划过群山，邻村犬吠似有人来，细细倾耳谛听，竟是轻快旅步，自远渐近，自近渐更近。"他回来了！"赶忙整襟，梳发，露一丝欢迎的微笑，等待在门侧。

但是他没有来。但是他没有来。但是他没有来。

最后，发觉所谓"旅步"，原来是环山而来的风脚，正打从这死蛇般的小道，匆匆而过。

（猛然想起：他战死已三年。）

一九四五年十一月二十一日作

刊于一九四五年十一月二十五日重庆《和平日报·和平副刊》

# 赛　马

新春大赛第二日。

　　早晨十点钟,我赶去马场看搅珠。也许是"缘悭福薄",我买的一百多条彩票,全部"出"围,八十七个号码,没有一个不陌生。

　　再一次接受意料中的失望。

　　走出搅珠房,在公众棚的看台上坐定,翻开手里的《马与波》

《新马考》《马彩》和几份日报,仔细研究贴士。

十一点半,首次鸣钟。

第一场,买了二十五元"半月湾"的独赢票,结果跑了个第二。

第二场,买"必得"。"必得"素有短途王之称,外加橡皮路,理应必得,却跑了个第三。

第三场,买"木兰"独赢,又以一乘之差,败于大冷门"银狐"。"银狐"温拿分派二百十一元七角,派数之巨,使马迷吃惊。我呆望核数计,说是羡慕倒也十分懊悔。翻开《马与波》,上面不是明明写着:"陶柏林骑银狐,档子极配,谨防冷门。"高崇仁先生终于言中了,我却没有中。衣袋里的钱,已输去一半。回去吗?我不服输;不回去,万一输光,生活就会发生困难。我犹豫不决。忽然有人轻拍我肩。

"先生,你的彩票。"

回头一看,是一个年轻女人,蓝旗袍,湖色织锦缎短皮袄,身材修长,瓜子脸,柳眉,凤眼,英格丽·褒曼式头发,左颊有酒窝。

我接过彩票,以为是刚才购买的"木兰"独彩票,仔细一看,竟是一张五元的"银狐"独彩票。

"谢谢你,"我说,"这不是我的。"

她说:"我亲眼看见这彩票从你手里掉落的,快去领彩!"

我意外地得到二百十一元七角,计算一下,除去刚才三场输去的一百五十元,还赢五十多元。

我买了五十元"基士卓"的独彩票。"基士卓"一路领先,转入直线时,忽然横跑……

四场跑毕,休息一个半小时。我走去"愉园餐馆"吃午餐。餐馆里有许多食客,我在角隅处找到一个空位,刚坐下,竟发现"她"坐在我旁边。

"运气好吗?"她问。

"没有输赢。"我说,"你呢?"

"赢了一点。"

我向侍者要了两客"马场胜利饭",然后问她:"很喜欢赌马?"

"这是我的职业。"

"职业?"

"我每次来总会赢一点。"

"赌马全凭运气,谁也不会必赢。"

"你不相信?"

"我不相信。"

"等一下一同回马场去,只要你听我的话,我就有办法使你赢钱。"

"好的。"

吃完午餐,付账,一同走进马场。

"第五场买什么?'可能'会不会胜出?"我问。

她答:"什么都不买。"

马赛开始,我想买"可能",因为她不主张买,没有买,结果"可能"跑了第一,我很气。

第六场,我想买"十七号烟",她说这是披亚士杯赛,宜看不宜买,又没有买。结果"十七号烟"获冠军,悔极。

第七场,没有买,第八场依旧没有买。我不知道她葫芦里卖的什么药,不买彩票,如何能赢钱。我再也忍不住了,推说要到厕所去,向票柜的售票员买了五十块钱"恒星"的独彩票和五十块钱"恒星"的位置票,回到看台,她对我笑笑,没说什么。马赛结果,"恒星"得了个第五,独赢位置全部落空。我输了一百块钱。时已五点敲过,还有两场,我问她:"第十场买什么?"她依旧说不买。我实在沉不住气了,径自走去买了一百五十块"好警察"的独赢。由于新马实力悬殊,位置派彩数目必定很少,所以没有买位置。结果,"好警察"只获得位置。我又输了。

她问:"输了?"

"哪有不输之理?"我承认说话时语气很重。

她毫不介意,问我:"还有多少?"

"只剩五十几块了。"

"把钱交给我。"

"交给你?"

"是的。"

"这是最后一场了。"

她没有说什么。我把钱交给她。她吩咐我坐在看台上占位置,自己走去票柜买票。十数分钟后,她笑嘻嘻地走上来。我问她买几号,她没有回答我。

马赛开始,她态度镇定。

结果"凌风"第一,骑师是从未获过第一的黄金财。我问她:

"怎样?"

她慢条斯理地从手提包里取出一张彩票,我仔细一看,居然是十九号,温拿,五十元。我呆住了。

她笑:"快去领彩金。"

"你在这里等,我请你去吃晚饭。"

她点点头。我兴高采烈地拿了彩票去领钱,一共是四百三十一元,除去输的,净赢一百多。我带了彩金,高高兴兴走到看台上,但是她已走了。我在看台上到处寻找,一直到观众散尽,还是没有找到她。我只好走出马场，搭车回家。

在渡轮上，想着刚才的种种不禁失笑了。从衣袋里掏出香烟时，掏出了一张字条，字条上是铅笔写的几行字：

"我拾到的是一张当票，知道你处境不好，换了'银狐'的独彩票给你。赌钱绝对不可能稳赢，除非不赌。现在趁你去购票的时候，我写了这张字条，同时将当票还给你。在最后一场，我购买一套独赢票，这样才不会落空。你虽然赢了，赢的却是我的施舍。"

# 借　　箭

周公瑾的心事等于山人面前一面明镜

草船将为诸葛亮的智慧而建造

鲁子敬对自己宣战冀能征服内在的恐惧

四更时分战火在三度空间捉迷藏

五更天。二十只草船以联盟的姿态驶近曹营，锣与鼓的跋扈诱出持重的虚怯，"必有埋伏——必有埋伏！"弓箭手在稻草人的木然中表现腕力。有脚的思想作短途竞赛，都要肢解魏之王国于须臾。荒唐的价值在燃烧，谁切开幻象便得盔甲里的真实。阴谋与奸佞的邂逅，一若传奇开始。


雾衣给稻草人以透明的生命

稻草人个个年轻

　　稻草人不需要壹 CC 胆汁

　　　稻草人借不到粗糙的感情

稻草人也会在箭雨中狂笑

十五万支飞箭等于一个"！"

一个"！"等于十五万死亡的预约

诸葛亮的镇定如湿衫紧沾鲁肃的震颤

鲁肃在死亡边缘敲不开心门

大江平静

　　但杯中的酒液久已掀起波浪


一九六〇年十月二十三日晚十一时写成

# 黑是罪恶的保护色

设想是一个无月无星的黑夜。

寂寞仍在无灯的小巷徜徉,一个陌生女子向你借火,燃上烟,嫣然一笑,转身走进小宅,故意将门轻轻一带,虚掩着,门在风中一开一闭。

你会放弃这意外的引诱? 你会辨认这是编造出来的情节?

"这样胆小,何必在黑暗处寻找刺激?"你问自己。

于是推门而入,蹑手蹑足,像小偷。也许是某种冲动,也许是某种荒唐的希冀,你像冒险家一般发现了童话里的梦境,大堆宝藏,闪烁熠耀,令你不胜惊异,不胜欢喜。

这是一间精致的卧室,精致得使你不想离开。

窗幔半掩,在微风中飘荡。墙上挂上一幅画:《裸妇》——赝品。小灯昏黄。昏黄的小灯照着一张床,床上躺着——一条蛇。

你有点畏葸,不敢正视那滑腻与丰腴。于是你想到了两个问题:"伊甸园的两个人怎会抵受不了蛇的引诱?""毒苹果的滋味到底是甜是咸?"这时候,你一定会羡慕飞蛾的勇气。于是心里痒得像蚂蚁在爬,必须追逐新鲜。

"曾经在什么地方见过?"

(低能的说谎者,蛇想。)

你无法掩蔽自己的低能,唯有坦白承认:

"实在是抵受不了美丽的引诱。"

"情感和理智进入交战状态?"

"很难解释。"

"世界上很多不能解释的事物,人为什么要穿衣服,鱼为什么不能讲话,地球为什么不是方的,太阳为什么不从西边出来? 诸如此类,很多很多。"

"这样的说法近似狡辩。"

"你希望得到更具体的解答?"

"是的。"

"那么,让我举一个例给你看,譬如……"

譬如夜已深了,樱桃小嘴朝你的脸上喷个烟圈,淡淡地散开,散开……像雾,你发现雾里有一对饥饿的眼睛,说不出有多少力量,只是闪一闪,你就丧失理智。这还需要解释吗?否则——为什么要把台灯扭熄?你不一定喜欢黑暗,但你甘愿迷失在黑森林中。因为黑是罪恶的保护色。

于是一个怀疑者不再追寻解答,这一夜的事情只是替将来制造一些荒唐的回忆。草率的开始,糊涂的结束;虽是逢场作戏也不应如此。你也许想表示你的歉意,一件礼物或一些数目不大也不少的钱。可是这小故事总该有个意外的结局,所以那陌生女人醒来了,天还没有亮,黑黝黝的,一切显得十分安详。她愉快地起床,用涂着指甲油的脚尖去搜索拖鞋。一对粉红色的,绣着花。然后伸伸懒腰,然后打个呵欠,然后打开手袋,然后取出一叠钞票丢在你枕边,然后对你说:"可以走了,这是你的。"你一定大感诧异,目瞪口呆,没有勇气接受。她就问你:"这难道需要解释吗?"你略显踌躇,终于听到了她的解释:"当一个女人穷困的时候,可以卖;那么当她有钱时,为什么不能买?"

你是悲哀了,认定这是侮辱。匆匆穿上衣,话都不说,走了。走到街上,设想你是一家银行的小职员,先回家去洗澡,吃东西,然后返工。你已无心于12345,只怨美好的喜剧岂可有个悲剧的结束。你神志恍惚,却被经理传了进去。经理说你工作勤奋:"给你一份年终奖金,快到出纳处去领。"你吃了一惊,神不守舍地走到出纳处,抬头一看,发现那条"蛇"正从里边婀婀娜娜地走出来。

因此你有了一个谜。

问出纳员,才知道:"她是经理的小老婆,上星期刚认识。"

设若你遇到这样的事情,你还需要什么解释吗? 朋友,不必多疑,实事往往会比虚构的小说更奇特,何况,这不过是假设。

一九六〇年十二月改作

原载一九六一年一月一日《女人世界》创刊号

# 双　喜

　　我十四岁的时候,在学校里打篮球,不留神跌断腿骨,在医院里躺了半个多月,出院后,仍需卧床休养,不能落地走动。

　　对于一个十四岁的男孩子,成天躺在床上,是一件无法忍受的事。

　　母亲买了一只洋娃娃给我;但是我的年龄使我对洋娃娃不感

兴趣。父亲买了一些《小朋友》与《儿童世界》来，放在枕头旁边，给我翻阅。但是，我没有心情阅读书报杂志。"那么，你想要些什么？"父亲问我。我说："我希望有一只狗，一只鬈毛的狮子狗。"

父亲点点头，露了一个安慰的笑容。第二天傍晚，父亲从写字楼回来，没有进门，我就听到狗的吠叫声。

那是一只黑白相间的狮子狗。

它的右眼是白色的；但是左眼却是一堆黑毛，看起来有点像马戏班里的小丑，非常有趣。

"你替它取个名字。"父亲说。

我想了想，说："叫它双喜吧。"

"为什么？"父亲问。

"我希望它能够带给我两件喜事。"

"哪两件？"

"第一，使我早日痊愈；第二，带给我一个妹妹。"

父亲哈哈大笑，不说什么。双喜忽然跳到我的怀中，摇着尾巴讨我欢喜。

从这一天开始，有双喜做伴，躺在床上，不再觉得苦闷。

三个月过后，伤势完全痊愈。我常常带着双喜到公园里去散步。就在这时候，父亲忽然笑嘻嘻走来对我说："双喜果然带来了另外一件喜事。你……你就要做哥哥了!"

一点也不错,双喜进门后,家里的气氛完全不同。有时候,父亲在外边受了闲气回家,闷闷不乐地坐在沙发上,双喜就会跳到他的怀中,逗他高兴。

日子一久,双喜就变成我们家中的一员了。妹妹出世后,我必须自己住一个房,不能与父母睡在一起。母亲将双喜睡的竹篮放在我房中,用手指点点双喜的鼻子,对它说:"双喜,小少爷怕黑,晚上你陪他一起睡!"

双喜听了,将尾巴摇得如同搏浪鼓一般。

天气转凉,由于我的睡相不好,常常将覆盖在身上的毯子跌落在地。有一天早晨,吃早餐时,父亲对我说:"昨天晚上,我们睡得正酣,双喜走来用前爪抓门。当时,我很生气,骂了它几句,它将尾巴垂得低低的,带我走进你的房间。那时候,我才知道错怪它了。因为你的毯子跌落在地上。"

双喜就是这样有灵性。

它变成我家的一员,已有十二年。不知不觉间,它的黑毛逐渐变成灰白,不但走路时,跌跌撞撞,甚至有人按门铃时,叫声也不若过去那么嘹亮了。有时候,逢到气候骤变,它会垂头丧气地躺在竹篮里,发出呜呜的声音。

"双喜老了。"我说。

"是的，双喜老了。"父亲说。

上星期六，晚上十一点，我们全家都已上床。双喜摇摇摆摆走入父母房内，发出一连串呜呜呜的声音，同时不很灵活地摇摇尾巴。

然后，它走去妹妹的床边，竖起身子，将前脚搭在床沿，望望熟睡中的妹妹，伸出舌头，舐了几下她的手。然后它回进我的卧房，吃力地竖起身子，将前脚搭在我的床上，发出呜呜的声音。我正在阅读晚报，听到声音，本能地伸出手去抚摸它的颈部。

然后它走去自己的竹篮，睡了。

第二天早晨，我起身时，双喜仍在睡觉。我走到它面前，用责备的口气对它说："贪睡鬼！现在是什么时候了，还不起身？"

但是，双喜已不能动弹，因为它已断气。

我止不住刻骨的悲痛，哭得非常哀恸。父亲走进来，见到这种情形，叹口气，说："昨天晚上，它知道它已不能再跟我们在一起了！"

原载一九六四年十月五日《快报》

# 孙悟空大闹尖沙咀

在前往西天取经的途中，八戒又失踪了。三藏滚鞍下马，要行者将老猪找回来。行者束一束虎皮裙，掣出金箍棒，立刻进入"交战状态"，两脚一蹬，身子像支箭般，直冲天庭。

先用右手在额上搭个凉篷，眯细眼睛朝前观望。远处有个小岛，四面环水，岛上尽是高楼大厦，尘气冲天。

降落泥地，将所见的情形告师父。三藏紧蹙眉心，问："这是什么所在？"行者用手指搔头，答不出所以然，当即捻个诀，念个咒，将土地老儿捉了来。土地跪在路旁道："土地叩见大圣。"行者道："不必多礼。"土地站起。行者又问："前边那个小岛究竟是什么所在？"土地道："那地方叫作东方之珠，又名'民主橱窗'，合一个半岛与一个小岛而成，半岛有尖沙咀，小岛有湾仔区，两地皆为'苏茜大本营'，身上肮脏得很，大圣千万去不得。"行者听言，已明大概，当即吩咐土地返回本庙。三藏询以究竟，行者说："八戒好色，定被妖魔迷住了。"三藏焦灼异常，口念阿弥陀佛不已。行者忙加劝慰，摇身一变，变成一个碧眼高鼻的番鬼佬，翻一个筋斗，神不知鬼不晓地降落在尖沙咀半岛酒店门口，装成游客模样，大摇大摆在弥敦道上蹀步。

行者号称大圣，闹过天庭，闯过冥府，且到过的地方不少，却从未见过这么多的高楼大厦。"国宾""帝国""总统""金冠""良士"……到处都是高耸的洋楼。"好地方！好地方！怪不得八戒又要动凡心了！"

这样想时，忽然嗅到一阵艳艳的花香，偏过脸去一看，原来是个半中不西的粉头。"哈罗，尊！"她露了一个蒙娜丽莎式的微笑。

行者虽然变成番鬼模样，却不会卷着舌头讲番话，听到"哈罗"两字,脸一沉,心里咚咚咚的一阵子乱跳,直如打鼓一般。好在那粉头立即改变战略,运用眉目以传情,柳眉樱唇,果是标致。行者并非阿Q,倒也有点飘飘然。

"特林克?"粉头问。

行者莫名其妙,乱答"也是"。粉头一手捉住猴臂,直向酒吧走去。坐定,自有仆欧招呼。行者要喝花雕,吓得粉头面青唇白。粉头心中暗忖:"此乃真怪物也,身为番鬼,居然索饮花雕,奇哉奇哉!"

三杯下肚,行者装醉。粉头将他扶入电梯,准备大"砍"一轮。行者进入电梯,心存好奇,暗忖:"电梯这玩意儿虽然乖灵,怎能与我的筋斗相比?"

进入卧房,行者继续装醉,倒在"席梦思"上,直如卧云舒适。那粉头倒也直截了当,未开口,先将身上的衣服脱得精光。猴子顽皮,睁开一眼,细察三围,暗暗称赞:"选美大会之材也。"此时,邻房忽有笑声传来,不必分辨,已知是老猪的浪声,心中一恼,霍然跃起。那粉头仍在叽里咕噜,但行者已变成苍蝇一只,"嗖"地振翅看窗外,瞪大眼睛朝邻房观看,果见八戒也已化身为游客模样,早已脱皂锦直裰,赤条条地搂着个裸体"苏茜",上下乱吻。行者见状,不由怒往上冲,"嗖"地窜入百叶帘,抖抖身子,现出本相,指着苏茜叱道："妖孽！你的末日到了！"说着，高举金箍棒，对准苏茜头部重重一击。苏茜逃避不及，脑壳炸裂，鲜血犹如喷水池般四处乱溅。

八戒刚从模糊不清中渡到清醒，见行者闹出人命案，慌了手脚，抖声嚷："这是东方之珠，乃法治之区，岂容你乱棍杀人？"行者哈哈大笑："八戒，人道你傻，我总不肯承认。如今看来，你真乃大傻瓜一只也！"八戒将眼睛瞪大如铜铃，问："此话怎讲？"行者仰天大笑，边说："我打死的，不是人，而是一个妖精，你不信，尽管仔细看看。"

八戒转过脸去一瞅，吓得魂飞魄散。原来妖精已显原形，床上躺着一个大镍币！

原载一九六四年十月三十一日《快报》

266

# 打　错　了

一

电话铃响的时候,陈熙躺在床上看天花板。电话是吴丽嫦打来的。吴丽嫦约他到"利舞台"去看五点半那一场的电影。他的情绪顿时振奋起来,以敏捷的动作剃须、梳头、更换衣服。更换衣服时,嘘嘘地用口哨吹奏《勇敢的中国人》。换好衣服,站在衣柜前端详镜子里的自己,觉得有必要买一件名厂的运动衫了。他爱丽嫦,丽嫦也爱他。只要找到工作,就可以到婚姻注册处去登记。他刚从美国回来,虽已拿到学位,找工作,仍须依靠运气。运气好,很快就可以找到;运气不好,可能还要等一个时期。他已寄出七八封应征信,这几天应有回音。正因为这样,这几天他老是待在家里等那些机构的职员打电话来,非必要,不出街。不过,丽嫦打电话来约他去看电影,他是一定要去的。现在已是四点五十分,必须尽快赶去"利舞台"。迟到,丽嫦会生气。于是,大踏步走去拉开大门,打开铁闸,走到外边。转过身来,关上大门,关上铁闸,搭电梯,下楼,走出大厦,怀着轻松的心情朝巴士站走去。刚走到巴士站,一辆巴士疾驶而来。巴士在不受控制的情况下冲向巴士站,撞倒陈熙和一个老妇人和一个女童后,将他们碾成肉酱。

二

电话铃响的时候,陈熙躺在床上看天花板。电话是吴丽嫦打来的。吴丽嫦约他到"利舞台"去看五点半那一场的电影。他的情绪顿时振奋起来，以敏捷的动作剃须、梳头、更换衣服。更换衣服时，嘘嘘地用口哨吹奏《勇敢的中国人》。换好衣服，站在衣柜前端详镜子里的自己，觉得有必要买一件名厂的运动衫了。他爱丽嫦，丽嫦也爱他。只要找到工作，就可以到婚姻注册处去登记。他刚从美国回来，虽已拿到学位，找工作，仍须依靠运气。运气好，很快就可以找到；运气不好，可能还要等一个时期。他已寄出七八封应征信，这几天应有回音。正因为这样，这几天他老是待在家里等那些机构的职员打电话来，非必要，不出街。不过，丽嫦打电话来约他去看电影，他是一定要去的。现在已是四点五十分，必须尽快赶去"利舞台"。迟到，丽嫦会生气。于是，大踏步走去拉开大门……

电话铃又响。

以为是什么机构的职员打来的，掉转身，疾步走去接听。

听筒中传来一个女人的声音：

"请大伯听电话。"

"谁？"

"大伯。"

"没有这个人。"

"大伯母在不在？"

"你要打的电话号码是……?"

"三——九七五……"

"你想打去九龙?"

"是的"

"打错了！这里是港岛！"

愤然将听筒掷在电话机上,大踏步走去拉开铁闸,走到外边,转过身来,关上大门,关上铁闸,搭电梯,下楼,走出大厦,怀着轻松的心情朝巴士站走去。走到距离巴士站不足五十码的地方,意外地见到一辆疾驶而来的巴士在不受控制的情况下冲向巴士站,撞倒一个老妇人和一个女童后,将他们辗成肉酱。

一九八三年四月二十二日作

是日报载太古城巴士站发生死亡车祸

# 追　鱼

**第一日**

读书人放下书本,走去池塘边,想看鱼,果然看到了一条鱼。

**第二日**

读书人放下书本,走去池塘边,想看鱼,看到了自己。

**第三日(上)**

读书人放下书本,走去池塘边,想看鱼,看到一个年轻女人。

那女人很美。那女人满脸堆笑。那女人向他招手。

第三日（下）

地壳蓦然皱裂，猛烈震动。假山倒塌了。凉亭倒塌了。房屋倒塌了。围墙倒塌了。树木倒下了。池塘被碎石断木填满了。池塘不见了。读书人不见了。

第四日

员外、夫人、小姐、丫鬟和几个家丁都在瓦砾堆中挖掘，希望找到失踪的读书人，没有找到。

第五日

员外、夫人、小姐、丫鬟和几个家丁仍在瓦砾堆中挖掘，希望找到失踪的读书人，没有找到。

第六日

员外、夫人、小姐、丫鬟和几个家丁见到瓦砾堆中有一只大老鼠。大老鼠没有被压死，还会讲话。"不用找了，"老鼠说，"你们想找的读书人在池底和一个女人在一起。那个女人是一条鱼。"

一九九二年三月一日

272

# 认　字

　　小时候，父亲带我去见一位长辈。那长辈知道我已开始上学，指着对联上的"恭"字问我：

　　"识不识这个字？"

　　我答：

　　"茶。"

他又指着对联上的"孝"字,问:

"识不识这个字?"

我答:

"老。"

他展颜微笑,对我的父亲说:

"这个孩子很聪明。"

一九九四年五月十一日

# 争　辩

## 一

甲:"他讲得很对。"

乙:"他讲得很对。"

丙:"他讲得很对。"

## 二

甲:"他讲得很对。"

乙:"对。"

丙:"对。"

丁:"不对!"

## 三

甲提高嗓子:"他讲得很对!"

乙提高嗓子:"对!"

丙提高嗓子:"对!"

丁厉色厉声:"他讲得不对!"

# 四

甲："他没有讲错。"

乙："他没有讲错。"

丙："他没有讲错。"

丁拔出亮晃晃的刀子："他讲错了!"

甲低声下气："他讲错了。"

乙低声下气："他讲错了。"

丙粗声粗气："他没有讲错!"

# 五

丁瞪大怒目,将刀子刺入丙的胸膛："他讲错了!"

丙呼吸迫促,声音微抖："他……他没……没有讲错……"

丁拔出刀子,朝丙的胸膛再刺一刀。

# 六

甲:"他讲得不对。"

乙:"他讲得不对。"

丁狞笑:"他讲得对。"

二〇〇〇年八月二十八日作

原载二〇〇一年第一期《香港作家》

# 我与我的对话

你打算写一部长篇小说？

是的。

写什么？

写一部故事动人的小说。

为什么？

因为没有故事的小说，争取不到读者；要争取读者，必须有动人的故事。

乔治·波尔蒂（Georges Polti）认为戏剧只有三十六种剧情，其实，小说也不可能有三十七种故事。除非不想写一部具有新意的小说；否则，不应该过分重视故事。

我无意写一部具有新意的小说，只想写一部像《随风而逝》（*Gone With the Wind*）这样的长篇。你当然不会不知：《随风而逝》是三四十年代美国最畅销的小说，出版后，单是一九三九年就售出两百万本。

你有意写一部近似史嘉蕾·奥哈拉（Scarlett O'Hara）与雷脱·白特勒（Rhott Buder）式的恋爱故事？

大部分读者喜欢读恋爱小说。为了加强小说的故事性，我有意写一女三男的故事。

这一类的故事已有不少人写过，姚雪垠的《春暖花开的时候》就是写一男三女的故事，用太阳、月亮、星星来象征三个女主角的性格，出版后，不到两周就卖掉一万本。此外，徐速的《星星、月亮、太阳》也用星星、月亮、太阳象征三个女性的不同性格，纵无新意，读者却多。

姚雪垠的《春暖花开的时候》与徐速的《星星、月亮、太阳》都是写一男三女的故事。我计划中的小说写的是一女三男的故事。

一女三男？

萧红与萧军、端木蕻良、骆宾基。

二〇〇〇年十一月九日作

原载二〇〇〇年十一月二十九日《大公报·文学》

# 大眼妹和大眼妹

一

被人唤作"大眼妹"的麦蓝走入酒店时,那个思念仍在她的脑子里不断重复:"送牛仔入医院……送牛仔入医院……送牛仔入

医院……送牛仔入医院……"

进入酒店的房间时,那个思念依旧在她的脑子里不断重复:"送牛仔入医院……送牛仔入医院……送牛仔入医院……"

脱去衣服,躺在床上,她仍在想:"送牛仔入医院……送牛仔入医院……送牛仔入医院……"

那个身上有股浓烈臭味的男人用粗暴的动作将她当作玩具时,她仍在想:"送牛仔入医院……送牛仔入医院……送牛仔入医院……送牛仔……"


二


郑银姣有一双大眼睛,认识她的人都管她叫"大眼妹"。那天晚上,她将自己打扮得如同舞台上的花旦,衣饰华丽,婀婀娜娜走入"鸭店"。她的丈夫曹发是香港富商,也是喜欢享乐的花花公子。曹发追求银姣时送过不少珠宝与金钱给她。但是,银姣嫁给曹发后,曹发不再喜欢她的大眼睛了,常常在外边跟别的女人厮混。银姣不愿做笼中鸟,为了解闷,为了报复曹发,经常走去"鸭店"找"鸭仔",用曹发送给她的钱去寻找刺激,带"鸭仔"到酒店去开房。

# 三

二十年前,C村的麦泰夫妇生了一对孪生女。这一对孪生女,大的叫麦蓝;小的叫麦紫,长相一模一样,都有一对大眼睛。当她们一周岁的时候,麦泰夫妇因歉收而境况窘迫,连吃饭都成问题。有一个姓郑的香港人因为没有子女,经朋友介绍,有意向麦泰夫妇收买麦紫。麦太不肯。麦泰说:"卖给他吧,不卖,日子就过不下去。"麦太频频摇头,哭得上气不接下气。麦泰说:"阿紫和阿蓝是双生女,长得一模一样,有两个等于有一个;有一个等于有两个,卖掉阿紫,还有阿蓝。"麦太依旧哭得涕泗滂沱,心里一百二十个不愿意;只因境遇穷困,经过一番争吵后还是点了头。麦紫卖掉后,不到一年,麦泰因病逝世。麦太无法过活,带了阿蓝到香港去投靠姐姐。麦太的姐姐嫁给一个姓蔡的瘾君子,日子也不好过,为了维持生活,在酒楼做点心婆。阿蓝五岁时,母亲患乳癌逝世。阿蓝十七岁时,姨妈患心脏病不治。阿蓝十八岁时,老蔡奸污她,生了牛仔。牛仔出世后,失意潦倒的老蔡强迫阿蓝到酒店去接客。阿蓝的生活越来越困苦,常常想起死去的父母及姨妈。阿蓝不知道她还有一个名叫阿紫的妹妹;更不知道阿紫被姓郑的男人买去后改名郑银姣，在香港成长，现在是富商曹发的妻子。就在那天晚上，阿蓝接过客后，离开酒店，走到大门前，见阿紫挽着"鸭仔"的手臂走进来。两人擦肩而过，阿蓝忍不住转过脸去看阿紫，竟发现阿紫也转过脸来看她。

二〇〇〇年十一月十三日作

原载二〇〇一年一月一日第五期《炉峰文艺》

# 渡　　轮

海峡有雾。最后一班渡轮只有二三十个乘客。景色模模糊糊,声声汽笛在梦中。海在叹息。沉虑的妇人,凭栏俯视海水。慵倦的灵魂,套着华丽衣服。愁眉苦脸,回忆像潮湿的衣衫。那是很久前的事了,起先总是低不成,高不就;最后却跟一个浪荡子走了一段不平的路途。她是十分悲哀了。她很疲惫。她张口呵气,把手里的精致小信封和粉红色的信笺撕得粉碎,投落大海。这是谁写给她的? 张三还是李四,贾克还是詹姆? 写的是"明天请你吃饭",还是"忘了我吧"?

往事难忘,一海新愁。

海雾蒙蒙,看不清对岸灯火。寂寞加上哀愁,使人对这短程的航行感到缓慢。渡轮在海中,钟声频频。舱内有骚动,乘客们惊慌失措,有人扭亮手电筒,有人偷偷张望救生圈在什么地方。但她依旧默不作声,镇定得像块石头。她是习惯于在危险中寻找运气。年轻时就嫌乡下太清静。记得有这样的一个故事:小孩子读了流行的武侠小说,甘愿离家背井,独自往深山去求仙,结果迷了路,哭哭啼啼地只想回家做凡人。这个譬喻不算夸张,押宝人把全部家产押了"大",偏开个"小"。人非神灵,没有预知的能力。因此,一个天真的少女同样走错方向,以为南方的城市必有太多的新奇,禁不起几句蜜语的诱惑,毅然跳上火车,从此无法回老家。日子过得很艰苦,昨天与明天之间并无奇迹。张三也好,李四也好,只要有钱,就可以向贩卖爱情者购得爱情。这是一个奇异的世界,大家不缺乏什么,也总喜欢买一点什么。

现在雾霭加浓。渡轮已驶近九龙。乘客们面呈笑容,庆幸渡过危险,即可回到家里,躺在床上做个好梦。但是她呢? 她到哪里去？到一家下等酒吧去应约？抑或投宿小旅店？抑或在雾气弥漫的街头行走一夜？

渡轮抵达码头，大家高高兴兴，相互道贺，彼此握手，忽然有人高声大叫："跳海！"是谁？为什么要跳海？道理很简单，怕"生"与怕"死"，其"怕"的程度本无大差别。她能够爱别人，只是不能爱自己。

*原载一九五九年十二月《古今》半月刊创刊号*

# 错体邮票

他是一个十三四岁少年，但是邮识颇丰，在香港集邮界，一向以小邮商的姿态出现。

每逢香港发行新邮票的时候，他就会拿一些错体邮票到各处去兜售。他会走去集邮者家里兜售，也会将他的邮票卖给港九各邮商。没有人知道他的错体邮票是从什么地方来的，不过，凡是喜欢搜集错体邮票的集邮家可以经常从他那里买到错体,倒是铁一般事实。

前几年,人们到邮局去购买邮票,运气好的话,就会买到"烂花""破字""漏印颜色"之类的错体。自从集邮界多了这位小邮商之后,人们就不容易获得这种机会了。

我也搜集香港的错体邮票。从小邮商手里曾经买到不少错体邮票。举一个例来说:目前香港通用邮票中,倒水印错体至少有五种,英国吉本斯邮票目录只列入"两元"与"十元"倒水印两种。其实,"一角""一元三角"与"五元"都有倒水印。尤其是"一元三角"倒水印,截至目前为止,发现的数量极少,相当名贵。这三种罕品,不容易购到,我却从小邮商处购得了"一元三角"与"五元"的倒水印错体。正因为是这样,我对小邮商一直很信任。

两三个月前,有一天早晨,小邮商忽然打电话给我,用紧张的口气对我说:

"两角通用票的横置水印错体,你要不要?"

"横置水印?"我问。

"这种错体刚发现,为数极少。我拿到了三全张,两张已拆售给几个邮商,还有一全张,你要不要?"

"什么价钱?"

"卖给邮商,照票面十五倍,卖给你,特别便宜,照票面十倍计算。但是必须买全张,要拆开的话,照票面十五倍计算。"

"这种横置水印究竟发现多少"

"我手里只有三全张,看样子,不会太多。"

"价钱方面能不能稍为减少些?"

"这是错体邮票,怎能减价？将来新目录出版后,每枚卖十镑八镑也说不定。"

"好的,你拿来吧。"

这样,我付出十倍的价钱购得一全张两角的横置水印邮票。

一个星期过后,我接到英国寄来的邮票杂志。在"新邮报道"一栏中,看到一段小新闻。新闻的标题是:"香港改换水印",内文很简单:"自本月初起,香港两角通用票将一律改为横置水印。"


原载一九六七年三月十三日《新晚报》

# 旅　　行

　　我喜欢读书。我喜欢旅行。我喜欢在别人的思想里旅行。我到过许多地方,见过许多人与怪物,除了比"你"更"你"的"你"、比"他"更"他"的"他"、比"我"更"我"的"我",还见过感情丰富的木偶、会唱歌的狗、会下棋的机器人,身高六时的小人和身高十呎的大人、分成两半的子爵、半人半马的怪物和豹尾虎齿的怪物、石头变成的猴子、善捉小鬼的大鬼……值得一提的是：由于在别人的思想里旅行是一种建筑在想象上的现实，即使时间的推移，也不一定顺序，"明天"可以在"今天"之前，"昨天"可以在"今天"之后，"今天"可以在"昨天"之前或"明天"之后。因此，想回到"过去"，想走入"未来"，想跟随徐霞客到西南边区去看石灰岩地貌，想跟随江湖医生老残游历四方，想跟随菲利亚·福克在八十天内环游世界一周，想跟随阿龙纳斯到海底去看喷火口喷出的火石，想听孔子与门人的问答，想到大观园去看贾宝玉怎样将感情当作玩具，想到外太空去看天体运转，想看巴哈马海底的大石板，想看公元七十九年八月二十四日庞贝城里的面包店与酒肆，想看玛雅人在大金字塔上将少女献给雨神，想看寸草不生的火焰山，想看亨利·莫奥在柬埔寨古城吴哥捕捉蝴蝶，甚至到史前的亚特兰蒂斯王国去寻找失去的文明，都不会有困难。我这样讲，你也许会以为我在撒谎，其实我是常做长途旅行的。一个没有双手的人可以将笔绑在头上作画，成为画家。像我这样的人，想旅行，最好的办法是读书。我在十六岁时失去两条大腿。

一九九二年五月十五日

原载一九九二年六月一日《星岛日报·文艺气象》

# 他的梦和他的梦

　　高鹗进入曹沾的梦境。好像探险者忽然找到珍宝,很兴奋。天有一个洞,光柱插入淡灰,形成奇特的景象,使高鹗在兴奋中感到诧异。女娲笑眯眯地对他说:"没有什么不好。"语音未完,天在巨响中忽然塌了一半,高鹗大吃一惊,睁大眼睛对女娲投以询问的凝视。女娲的笑容虽已收敛,再一次开口时语调依旧轻松:"不用担心,我有办法。"女娲用三万多块石头补天,留下一块在青埂峰下。高鹗以为这块通灵性的石头带来了动人的故事,其实故事只在曹沾的笔尖跳舞。

曹沾常在梦中寻找甜蜜与怪异。高鹗常在梦中寻找甜蜜与怪异。贾宝玉也常在梦中寻找甜蜜与怪异。在现实生活中,贾宝玉讨厌林黛玉身上的衣服。贾宝玉曾在秦可卿的卧房里睡中觉,跟随仙姑进入一个陌生的地方,见到一些陌生的景物,做了从未做过的事情。他以为自己在做梦,因此十分喜爱这场迷离而优美的梦。梦是思想的形象,也是愿望的另一种实现,有时荒唐,有时美得像无字的诗。所以,贾宝玉喜欢做梦。曹沾喜欢做梦。高鹗也喜欢做梦。

一次又一次,高鹗进入曹沾的梦境去认识他需要熟悉的人和事:假的人、假的事、真的人、真的事。在曹沾的梦境里,高鹗不能不惊诧于刘姥姥的眼睛会像车子般满载好奇,也不能不像刘姥姥那样惊诧于大观园的奢靡与华丽。日子一久,高鹗几乎变成曹沾梦中的一分子。高鹗未必能够尝到林黛玉泪水的咸味,却常常听到林黛玉的叹息。至于凤辣子的阴险与狠毒虽已习惯,尤二姐的吞金、晴雯的含冤而死却使他感到意外。使他更感诧异的是:走出曹沾的梦境时,他见到许多曹沾没有梦见的事情。

高鹗也常常做梦。在他的梦中，贾宝玉不是曹沾梦中的贾宝玉，林黛玉不是曹沾梦中的林黛玉，薛宝钗不是曹沾梦中的薛宝钗，贾母不是曹沾梦中的贾母。……

有一天，很热，高鹗躺在竹榻上午睡。曹沾的灵魂走入他的梦境，翻开程伟元刊行的一百二十回《红楼梦》，指着后四十回，大发雷霆："不是这样的！不是这样的！"高鹗睁大眼睛望着曹沾，不但不承认他（曹沾）的梦不是他（高鹗）的梦，而且不承认他（高鹗）的梦不是他（曹沾）的梦。

一九九二年五月三十一日

原载一九九四年七月台湾《散文的创造》

# 寒风吹在脸上像刀割

一九四一年十二月八日,太平洋战争爆发,日寇的坦克在南京路上疾驰,"孤岛"陆沉。陆沉后的"孤岛",传说很多,其中之一:敌人将抽壮丁。

年老多病的父亲对我说:"到重庆去吧。"

我望望站在床边的母亲。

母亲皱紧眉头，默不作声。

我对躺在床上的父亲呆望片刻，说了两个字："好的。"

父亲说："你单独一个人到遥远的重庆去，有许多困难需要克服。我会写四封信给你带去：一封给宁波的老曾、一封给宁海的刘祖汉先生、一封给龙泉的徐圣禅先生、一封给赣县的杨先生。他们都是我的好朋友，你有困难，他们一定会帮你解决。"

经过一番静默后，久病瘦弱的父亲用微抖的声调加上这么两句：

"你哥哥在重庆，到达重庆后生活不会有问题。"

我点点头。

事情就这样决定。

上海的情况一天比一天差，人心惶惶，像我这样的年轻人，越快离开越好。父亲如焚如焚，托朋友到船公司去买一张到宁波去的船票。拿到船票后，父亲对我说：

"到了宁波，拿我的信去找老曾。我任浙江海关监督时，老曾在署内担任秘书的工作。宁波沦陷后，他没有离开。你去找他，他一定会给你安排住宿与交通工具，帮助你通过封锁线，到达自由区宁海。"

这天晚上，母亲替我收拾行李。我有很多东西需要带，却又不能携带太多的东西。我力气小，只能带一只不大不小、可以用手提得起的皮箱。母亲将应该携带的衣服整叠在皮箱时，内心充满矛盾：起先，恨不得将所有的东西都塞在皮箱里；发现箱盖无法合拢时，不得不将部分衣物取出。过多的东西拿出后，又怕我需要用时拿不到要用的东西，于是又塞了不少。塞得过多，皮箱的重量增加，又怕我拎不动。

　　第二天，吃过早点，我走去向卧病在床的父亲辞别。父亲表情很严肃，睁大眼睛望着我，沉吟片晌，抖声说："今后你要自己照顾自己了。"语音未完，咳得上气不接下气。我立即坐在床沿，用手按摩他的胸口。他吐出一口浓痰后，用抖巍巍的手一挥，叹息似的说了一句："走吧。"我站起，一边控制自己不让泪水流出，一边说："爹，你要保重。"他点点头，用手掌掩盖眼睛。我在母亲的帮助下，提着皮箱下楼，走出家门。

　　天色阴暗，寒风吹在脸上像刀割。黄包车很少，等了十几分钟才雇到。跟车夫讲定车价后，我上车，母亲将皮箱放在车上，我用两腿夹住。黄包车夫抬起车杠，迈开脚步。母亲先将一卷钞票塞入我的衣袋，然后紧握我手，跟着黄包车在人行道上奔跑。

　　"阿妈，"我说，"回去吧！"

　　车夫逐渐加快脚步，母亲不得不松手。车夫将车子沿着胶州路朝爱文义路拉去。拉了一段路，我回过头去观看，母亲依旧站在人行道上，向我挥手。

车夫继续跑了几十步，我回头观看，母亲依旧站在人行道上，向我挥手。

车夫继续跑了几十步，我回头观看，母亲依旧站在人行道上，向我挥手。

车夫继续跑了几十步，我回头观看，母亲依旧站在人行道上，向我挥手。

车夫继续跑了几十步，我回头观看，母亲依旧站在人行道上，向我挥手。

车夫将车子拉到爱文义路口，转弯。我趁此侧过脸去眺望，母亲依旧站在人行道上，向我挥手。

离情别绪涌上心头，泪水夺眶而出。我低声自言自语："再见，阿妈！"

车子转入爱文义路，我见不到母亲了。北风猎猎，刺人肌肤，我却一点也不觉得冷。父母的慈爱像火炉发出的温暖，使我有能力抵御寒冷的侵袭。

*原载获益出版事业公司一九九六年出版《父亲·母亲》*

# 这是一幅用文字描绘的抽象画

文字将颜色推出大门。

颜色在门外恶声呼嚷:"开门! 开门!""颜色是画家的无声发言人!""颜色是画家的孙悟空!""颜色能表达画家的心意!""颜色能用形象重现画家的思维!""开门! 开门!"……

心不在意的紫块压在蓝线上　五粒黄点在旁边哄笑　这不是喜剧　迷途的银色仍在找寻月亮

具跳跃能力的球形绀①也有千禧愿望　跳入舒展空间让两条绿线携手穿过棕色圆圈　东张　西望　寻觅旧物　寻觅新意　寻觅久已失去的欣悦

半侧面配合正半面　两只眼睛在交谈　一只眼睛不喜欢金黄的狂妄　另一只眼睛不喜欢粉红的傲慢　在旁边跳芭啦芭啦的黧黑专心追求辉煌


善变的青葱蓦地受到羁绊　被精炼粗重的黑方块遮盖　不得不为继续生存挣扎　引来一群白点冷眼旁观

红方块(大喜日子在花轿里跳舞的紧张)

赭黄长方形(进入第二童年期的衰弱疲癃)

黑矩形(黑洞里最珍贵的东西是洞外的光)

金色正方形(收获期的欢跃驱走疲惫)

橄绿长方形(在丛林寻找方向时不能不羡慕飞鸟有翼)

一条有长无广的很细很细很细很细很细的丝缕

---

① 球形绀,指呈球形的稍带红色的黑色块。绀,是黑里透红的颜色。

蔚蓝被紫弧紧紧抱住

并不自由的紫弧被粗粗的暗褐捆缚

黄黑无光的暗褐周围是浅灰色的云层　轻微淡薄的浮云没有
晨光的明亮　虽不清澈　仍可透过表面看到更深的内容


一大块带红的黄色　荒邈的沙漠　加一堆小黑点　小鱼小鱼
小鱼大鱼大鱼小鱼大鱼大鱼大鱼小鱼小鱼小鱼大鱼大鱼大鱼
小鱼小鱼小鱼在沙漠里朝同一方向游去　历史的变迁使几百万年
前的大河变成沙漠　那是一大块带红的黄色　考古家一再在沙堆
中洒出兴奋与喜悦　一再拾到古代文化　衣袋塞满恐龙牙齿和恐
龙蛋的化石　大黄块上是圆形金赤　刚升起的太阳正在窥探深
灰　眉来眼去的星星在惶恐战栗中纷纷逃离　大黄块下的黄条与
青条交叉成十字　周围是大堆砂砾　有黑有白有紫有棕有墨绿有
青灰　变色　色变　两种颜色变成三种颜色　绿加黑成墨绿　墨
绿加白成浅绿　半黑半白成灰　灰没有白的纯洁　灰没有黑的坚
定　灰是黑白婚后生的孩子

翠绿与褐黄在山下斗嘴

绿说　白纸发黄是老化

黄说　黄土地拒绝翠绿成长

绿说　黄是污垢的代名词

黄说　黄是五谷成熟的记号

绿说　绿是春的标记

黄说　翠绿低浅幼稚

绿说　翠绿是茁壮的象征

黄说　黄河是中国第二大川

绿说　绿水青山景致好

黄说　你有我的成分

绿说　你是黄我是绿


　　在两个斗嘴汉子周围　没有生命的颜色　获得颜色红黄蓝白黑　全无杂质　构成不忠于现实的形象　具有内容和另类逼真感　没有实质　也有真理真义真性的蕴藉

体弱多病的弧矢形灰色

在不平的道路上蹒跚


　　　　大黑团与逍遥自在的柱形红碰撞

　　　　　　　美丽的冲突


　　　一凹一凸的棕色块与蓝色块

　　　结合而成友谊的代号


几个互相排挤的橙色三角形

争夺不易得到满足

　　　　　　　　　　几十粒玫紫斑纹

　　　　　　　　　使幻想与妄想陷于混乱

古铜色将各方面的气力能力武力权力威力势力凝聚成铁棍

重重压住孱弱的深青　古铜有动功　深青有静功　动静搏斗　胜

败难分　古铜有信心制胜　深青有耐性抗拒暴力的侵略


　　颜色是一切的色　颜色是渲染　颜色是感情的表达　颜色是

真的流露　颜色是伪装　颜色是真相　颜色是假象　将文字当作
颜料　从想象中察看思想活动

　　……颜色仍在敲门："开门！开门！这是我的家！"文字打开
大门，走出去，回头对颜色说："文字可以描绘生活图景，也可以描
绘抽象观念的含义。这是一幅没有图的图书。"

二〇〇一年五月二十日作

原载二〇〇一年七月七日香港《文汇报·文学版》

# 游　戏

　　潮湿的情绪被阳光晒干　欲念在情田萌动　怀着躁急经过酒吧　几个飞仔在人行道上滚钱　游戏变成赌博　贪婪踢走理智与冷静　他将愿望寄存在侥幸上　愿望只是肥皂泡　瞬息破碎　快乐随同母亲给的纸币输掉　没有钱买烟　不吸烟　没有钱买鱼蛋　不吃鱼蛋　没有钱买戏票　不看戏　没有钱买车票　不搭

车　渴望使他失去愉悦　唯有用冷淡浇熄热情　应该到小公园去消受清静　却走去挤挤插插的横街溜逛　他喜欢将晾架上的衫裤当作艺术品　他喜欢将两旁的广告牌视同万国旗　他喜欢在狭隘杂乱的太原街春园街石水渠街三角街寻找生活的乐趣　腿酸时走去修顿球场看免费波　球技很差的比赛不能供应兴奋与刺激一再仰看白云在天空中变形　想象一架客机突从云中飞出　心情随之好转　脑子出现略显繁复的情景　知觉活动加快　联想到这架飞机曾经去过许多名都大城　立刻产生不易成为事实的遐想如果中六合彩　搭乘飞机到番鬼家乡去兜兜　他从未到过香港以外的地区　连澳门也没有去过　刚被晒干的情绪又有点潮湿　在情田萌动的欲念继续发芽　缓步走去庄士敦道游荡　珠宝钟表金行展呈的炫耀加强眼睛的感觉力　服装店模特儿穿的泳装使他意乱心迷　不懂游戏诀窍而热爱游戏　无钱进入"游戏天地"打机　只好睁大眼睛凝视"战国冒险活剧"海报　有轨电车在轨道上来来去去　车站用蓝底白字呼吁"把别人乱抛的垃圾放进垃圾桶"　香港赛马会用百变毛毛马培养儿童的兴趣　同德大押的屏风为典出人遮掩窘迫和羞惭　有些中国人在"和味龙"吃日式小丸子　有些日本人在"云来店"吃山西刀削面　交通银行的3.6250大力吮吸客户的港币　小学生在轩尼诗道官立小学的篮球

场寻找教科书以外的轻松　他站在"美心快餐"的大玻璃窗前
只看别人在窗内咀嚼明炉烧味　不看窗上招聘员工的布告　人生
是一种游戏　来到人间　就该游惰如雄蜂　"辉煌"放映《彩缕
配》　林家声的唱腔很像薛觉先　在街边兜圈不散　稻香海鲜酒
家的　"一蚊鸡"使饥火中烧的他一再吞咽口液　麦当奴的汉堡
包使饥火中烧的他一再吞咽口液　老字号三不卖的"野葛菜水"
使饥火中烧的他一再吞咽口液　福兴烧味餐厅小厨的火腿蛋饭使
饥火中烧的他一再吞咽口液　"香滑又唔贵"的"华夏第一鸡"不
断有香喷喷的鸡香喷出使饥火中烧的他一再吞咽口液　他走去地
铁站　拦住一个花里胡哨的女人　伸手乞讨二十蚊①

二〇〇一年七月九日

---

① "蚊"是粤语港币"元"的意思。

# 九十八岁的电车

九十八岁的电车仍在挤挤插插的街道健步行走。

九十八岁的电车不再用嘹亮的玎玎朗诵古体诗,为了突出自己,决定在嘈杂的噪音中改吹喇叭。

九十八岁的电车喜欢穿花花绿绿的衣服,在公众面前展示浓艳和情趣。

九十八岁的电车精力不衰，经常肩担乘客进入偌大的展览馆，让他们鉴赏一幅又一幅的街景和街象。

九十八岁的电车不断在"历史轨道"上兜来兜去，用转动的车轮细述毅力与奋勇。

九十八岁的电车一直在拉长距离，缩短距离，将远变近，将近变远。

九十八岁的电车身强力壮，仍有很多很多很多的明天。

二〇〇二年五月十五日

原载二〇〇二年五月二十九日第五六二期《大公报·文学》

# 回　家

　　我的家在上海西区,是父亲在三十年代买地为我兄弟两人建造的楼房。楼房共两幢,建筑结构完全一样,相连,前边的花园用篱笆间隔,三楼有一条互相沟通的过道,可以从 A 座走去 B 座,也可以从 B 座走去 A 座。哥哥住 B 座,我住 A 座。抗战胜利后,我创办出版社专出文学书,将 A 座分成三个部分:底层为出版社办公室与客饭厅,二楼是仓库,三楼是我的卧室与书房。

一九四八年,通货恶性膨胀,出版社无法继续生存。为了寻求新机会,我离沪赴港。

在香港住了四十多年,我怀着深厚的感情重回老家。

回到家门,意外地见到铁门的石柱上挂着一块学校的牌子。

这是星期日,铁门关闭。我摁门铃,一个白发看守人走来应门,睁大眼睛对我凝视片刻,用微抖的声调问:

"找谁?"

我说:"这是我的家。我是屋主。"

我迈步朝里走去。白发看守人不加阻拦。

进入旧居,见到的东西很熟悉,也很陌生。底层的出版社已变成学校的校务室,客饭厅已变成课室。我走上二楼,摸着楼梯的扶手好像紧握亲人的手,暖烘烘的。二楼的房门全部紧闭,我无法见到房内的情形。我走上三楼,虽然卧室与书房已变成课堂,我仍能从房门、钢窗与天花板上感到家的温暖。

站了十几分钟,舍不得离去也不能不离去。我紧握楼梯的扶手一步一步走下熟悉的梯阶,走出旁门,走到铁门边,见到那个白发看守人,我提高嗓音说:"这是我的家。"

白发看守人摇摇头,用轻细低微的声音说:"这是学校。"

二○○二年五月十九日

# 轻 描 香 港

眼睛是照相机。

印象是用眼睛拍摄的照片。

香港地小人多,大部分空间已被高楼大厦捉住。

站在山顶观景台俯瞰香港夜景,万家灯火像一块钉满胶珠花
的黑布,光辉灿烂。

在许多人的心目中,香港是一座含有十二开金①的城市。

中国银行用巨大的剃刀刮亮贝聿铭的骄傲。英皇道没有英皇的足迹。皇后道没有皇后的足迹。从皇后道搭乘自动梯到伊利近街可以吃到不少美味的食物。荷李活道的文物一直在计量时间的步速。兰桂坊的酒朴里有太多的引力和刺激。地铁油塘站于二〇〇二年八月四日启用。地车的车门告诉乘客"将军澳中心同地铁站只有〇距离"。海洋公园的"安安"和"佳佳"只吃竹类植物。青马大桥仍在用雄伟表达兴奋。浅水湾有埋葬萧红骨灰的地方。李郑屋汉墓中的青铜镜是显现美丽的古代器物。有人到太古城中心去看小孩子攀登"火箭攀石墙"。有人到鲤鱼门海防博物馆轻轻敲几下过去的事迹。有人到柴湾的客家村屋去寻找十八世纪的气氛。……

香港有十字街头,也有象牙之塔。

香港被人看作华人世界首都。

香港是古今中外文化的交叉点。

香港是一本薄薄的历史书。

《香港史》第一章:(待补)。第二章:新石器时代中国先民在香港的活动。第三章:(待补)。第四章:中原汉族移居岭南区。

---

① 十二开金,即十二 K 金。K 金是 Karat gold(K 黄金)的缩写。

第五章:(待补)。第六章:英军强占香港。第七章:清廷割让香港给英国。第八章:日军侵占港九。第九章:英军重回香港。第十章:香港回归中国。

香港从"过去"走到"现在",不但将黑白变成彩色、将无声变成有声;还为陈旧的故事穿上华丽新衣。

香港是一幅用水墨绘在宣纸上的西洋画,笔法巧妙,清楚展现思想中的彩色欲望,自成一格。

天文台悬挂今年首个一号风球的下午,诗人在梦境中与香港相遇,很有礼貌地说一句"你好"。香港答:"我是从梦境中浮起的真实。"

香港是不香的海港。

香港是世界最大的超级市场。

香港这个海港名叫"唯图利啊"①!

二〇〇二年八月四日作

---

① 唯图利啊,即"维多利亚"的谐音。1841年英国占领香港岛后,在今香港中西区及湾仔、铜锣湾区一带,建立维多利亚城(Victoria 或 City of Victoria)。维多利亚城原译域多利城,又称女皇城或香港城。香港与九龙半岛之间的海港,因称维多利亚港。它是香港的标志性景点,两岸高楼林立,商业活动繁盛。

# 记叶灵凤

## 一

认识叶灵凤，是在一九五一年。那时，星岛日报有限公司计划出版《星岛周报》。

《星岛周报》出版前的样本，由我设计。根据这个样本，社方曾举行过一次筹备会议。参加者，除林霭民社长外，还有十二位编辑委员。叶灵凤是其中之一。

开会时，X先生提议《星岛周报》的内文应该印在不同颜色的纸张上。叶灵凤不赞成这种做法，用揶揄的口气说：

"像X先生写的小说，印在黄色的纸张上，再合适也没有了。"

X先生不甘示弱，立刻还以"颜色"：

"像叶先生写的文章，就该印在红色的纸张上！"

## 二

《星岛周报》每期附有画刊，由梁永泰编辑；其中不少珍贵图片都由叶灵凤提供，并加说明。叶灵凤学过画；对考证工作也有浓厚的兴趣，每一次供给《星岛周报》用的图片，诸如"五百罗汉""中国现存最古的木构建筑""毒蛇世家""中国古俑精华""慈悲妙相""武梁祠画像""兰亭遗韵""十八世纪捏造的台湾志""米颠石丈""三合会的秘密""达文西诞生百年纪念""古墨图谱"之类，都是极好的材料，不但丰富了《星岛周报》的内容，还提高了《星岛周报》的水准。除了图片与图片说明外，叶灵凤几乎每期都有文字稿交给我们。稿子的范围很广,有的谈香港掌故,如《张保仔事迹考》;有的谈美术,如《名画和名画家的故事》;有的谈文学,如《王尔德〈狱中记〉的全文》;有的谈习俗,如《刺花与民俗》;有的则是考证,如《中外古今的财神》。

叶灵凤为《星岛周报》写的稿子多数署"叶林丰";图片说明只加一个"丰"字。


# 三


一九六三年三月一日,《快报》创刊,叶灵凤为我编的副刊撰写《炎荒艳乘》,署名"秋生"。

叶灵凤为《快报》写的文章,多数是从俗的。我曾经接到一位读者的来信,剪下叶灵凤译述的《玩家回忆录》第六十节,用蓝笔划出如下一节文字:

> 其中有一个节目是,她们采取了某一种姿势,再借助于手指,深入不毛的洞穴深处,在那里不停地翻腾搅动,直到找到了仙泉的泉眼,然后就有一道泉水飞射而出。

那读者将剪报寄来,因为他认为副刊不应该刊登这一类的文字。

收到这位读者的来信后，使我想起叶灵凤在一九五二年一月三日发表的《我的文章防线》。

叶灵凤在那篇文章中这样写：

> 翻开日记簿，检讨一下自己过去一年的工作，虽然也读了不少的书，买了不少的书，写了不少的文章，但可以称得上成就的，觉得仍只有一件，那就是自己的文章防线还不曾被突破。

在香港，靠卖文为生，不会不受到商业社会的压力，能够坚守"文章防线"的，少之又少。记得有一次，在新闻大厦旁边的人行道上遇到叶灵凤，他感慨地对我说：

"香港有很多小说，只是创作太少了。"

我说："小说在这里容易变钱，绞尽脑汁写出来的创作，往往连发表的地方也找不到。"


四


曹聚仁曾经对我说过："朋友中，书读得最多的，是叶灵凤。"

后来，《四季》杂志在中环红宝石餐室举行座谈会，我将曹聚仁讲过的话告诉叶灵凤。叶老点点头，承认自己是个喜欢读书的人，像二十四卷的《阅微草堂笔记》，也曾从头至尾读过一遍。

在座谈会上，也斯提到加西亚·马尔克斯的作品，问叶灵凤对这位作家的看法。叶灵凤摇摇头，说是没有读过。后来提到 Books Abroad[1]，叶灵凤表示希望能够读到这本杂志。也斯答应借给他。第二天，也斯到报馆来，嘱我将书转交叶灵凤。过几天，叶灵凤到《快报》来拿稿费，用兴奋的口气告诉我：他已找到加西亚·马尔克斯的作品；且已仔细读过。那时候，他的视力很差，白内障眼疾已到了相当严重的阶段。

《四季》要出《穆时英专辑》，问他："有没有穆时英的照片？"他说："也许会有，不过找不到了。如果视力不这么差的话，可以凭记忆画一幅出来。"

由于视力太差，他曾向我询问参加座谈会的《四季》几位创办人的姓名与当时坐的位置。那几位都是也斯的朋友，我不熟，只好请也斯将座谈会的情形画出，注以姓名与位置，交给叶灵凤。

---

[1]　Books Abroad，即《海外书览》，世界文学类杂志，由美国俄克拉荷马大学学者罗依·坦普尔·豪斯（Roy Temple House）于1927年创办。

叶灵凤与鲁迅一样，很愿意与爱好文艺的青年接近。举行过座谈会后，他对我说："什么时候请这班年轻朋友到我家里去喝茶。"

# 五

提到鲁迅，就会想起叶灵凤与他的那一场笔战。在《上海文艺之一瞥》中，鲁迅这样挖苦叶灵凤：

——在现在，新的流氓画家出现了叶灵凤先生，叶先生的画是从英国的毕亚兹莱（Aubrey Beardsley）剥来的，毕亚兹莱是"为艺术的艺术"派，他的画极受日本的"浮世绘"（Uliyoe）的影响。（《鲁迅全集》第四卷页二三〇）

叶灵凤的长篇创作《穷愁的自传》，刊于《现代小说》第三卷第四期。在小说中，叶灵凤写下这么一句：

——起身后我便将十二枚铜圆从旧货摊上买来的一册《呐喊》撕下三页到露台上去大便。

叶灵凤这一刀，并没有将鲁迅砍伤。相反，鲁迅还做了这样的反击：

——还有最彻底的革命文学家叶灵凤先生,他描写革命家,彻底到每次上茅厕时候都用我的《呐喊》去揩屁股,现在却竟会莫名其妙地跟在所谓民族主义文学家屁股后面了。

(《鲁迅全集》第四卷页二三五)

鲁迅骂叶灵凤"跟在所谓民族主义文学家屁股后面",不是没有根据的。一九三一年四月二十八日左翼联盟发出开除叶灵凤的通告,其中有这样一段:

叶灵凤,半年多以来,完全放弃了联盟的工作,等于脱离了联盟,组织部多次地寻找他,他都躲避不见,但他从未有过表示,无论口头的或书面的。最近据同志们的报告,他竟已屈服于反动势力,向国民党写"悔过书",并且实际地为国民党民族主义文艺运动奔跑,道地地做走狗。……

不过,这是发生在三十年代的事。那时候,叶灵凤年纪很轻。

根据阮朗所写的《叶灵凤先生二三事》,上了年纪的叶灵凤曾到"鲁迅纪念馆"去看过鲁迅,认为他和鲁迅那桩"公案"已经了却。

# 六

鲁迅在另一篇杂文中也曾提及叶灵凤。文章的题目是"文坛的掌故",收在《鲁迅全集》第四卷中,卷末的注释有这么几句:

> ……叶灵凤,当时曾投机加入创造社,不久即转向国民党方面去,抗日时期成为汉奸文人。(《鲁迅全集》第四卷页五〇九)

叶灵凤在"抗日时期成为汉奸文人",令人难以置信。

# 七

前些日子,买到一本旧书,书名"山城雨景",作者名叫罗拔高,扉页印有"香港占领地总督部报导部许可济"等字样,出版于一九四四年九月一日,卷首居然有叶灵凤的序文。

在这篇序文中,有一句话给我的印象最深。这句话是:"使你不敢相信而终于不得不相信。"

# 八

叶灵凤对工作极有热忱,虽然患了眼疾,虽然满头白发,仍在写作,仍在编辑《星座》。由他主编的《星座》,在这个"商"字挂帅的社会里,能够维持那样高的水准,足见他有一份可爱的固执。

在《星岛日报》编辑《星座》时,给同事们的印象是一位厚重的长者。有些对新文学不感兴趣的同事,不但不知道他是"创造社"的老作家,而且不知道他对中国新文学史曾经做过贡献。纵然如此,叶灵凤在报馆工作时,很受同事们的尊敬。同事们多数将他唤作"契爷"。

每一次叶灵凤到《快报》拿稿费,发稿费的人就会笑嘻嘻地对他说:"契爷,请坐。"

叶灵凤走来《快报》领稿费时,见到我,总会跟我闲谈几句。

# 九

有一次,排字房的工友拿了叶灵凤的手稿走来,对我说:

"这篇稿子字数不够!"

"差多少?"我问。

"差五百多字。"

"这是不可能的。"

"不信,你自己点算一下。"工友将叶灵凤的原稿摊在我面前。原稿上的字,写得很大。

"这是怎么一回事?"我问。

"叶先生患了白内障,视力很差,作稿时写的字越来越大。前些日子,一千字写八百,我总在文末塞一块小电版的。后来,一千字只写六七百,必须塞以一块较大的电版。但是这篇稿子,虽然写满两张稿纸,排出来只得四百多!"

这种情形显示他的眼疾已到了必须施手术的阶段。

# 十

一位爱读书、爱写作的老作家因眼疾而受到的痛苦,是不难想象的。他曾经告诉过我:他的女儿买了一个德国放大镜给他。这放大镜,刚开始的时候还有些用处,日子一久,用处就不大了。

有一次,他走来《快报》编辑部与我闲谈。谈到他的眼疾,我问:"你能够看到我吗?"

"看到的。"

"看得清眼鼻口耳?"

"看不清。我见到的你,只是模模糊糊的一团。"

谈话时,我们之间的距离只有三四呎。

# 十一

三四年前,一位朋友在尖沙咀一家酒楼请吃晚饭,谈到叶灵凤,徐讦与朱旭华都说很久没有见到他了,要我打电话约他出来喝下午茶,谈谈。

我打电话给叶灵凤,将徐讦与朱旭华的意思告诉他,他听了,立即接受,约好在"大会堂"二楼的餐厅喝茶。

到了约定的日期,我与徐、朱两位先到。刚坐定,叶灵凤偕同他的太太走来了。叶灵凤的精神很好,也很健谈。徐讦、朱旭华与叶灵凤都是几十年的老朋友了,可谈之事固多,可谈之人也有不少。大家坐在 U 字形的大沙发里,毫无拘束地谈往事,谈现代书店老板洪雪帆,谈邵洵美,谈施蛰存,谈曹聚仁。……

谈到曹聚仁,叶太太说曹聚仁到澳门镜湖医院去养病之前,曾将他的爱犬送给叶灵凤。叶灵凤一向喜欢猫狗,家里养了很多只,曹聚仁离港时无法携同爱犬前往澳门，托叶老照顾，叶老欣然允诺。

# 十二

《四季》创办人有一个计划，每期拨出一部分篇幅，"介绍三四十年代文坛上比较被人忽略的作家的作品。"(《四季》第一期页二十七)叶灵凤对这个计划极表赞同，并向《四季》创办人建议："下一期可以介绍蒋光慈。"

从这一点看来，叶灵凤是很欣赏蒋光慈的作品的。不过，当他做此提议时并没有将理由讲出。我们不知道他之重视蒋光慈的作品，是以作品本身所具的政治意义作准基的；抑或以作品本身所具的文学价值为准基。

从一九二八年到一九三一年，出版事业非常蓬勃，王哲甫称为"上海的狂飙时期"。在这个期间，叶灵凤与蒋光慈都很活跃。蒋光慈勤于写作，除编辑《新流月报》与《拓荒者》外，在左翼的刊物经常有新作品发表；叶灵凤除了写作外，还编辑《现代小说》与《现代小说汇刊》。那时候，蒋光慈与叶灵凤都是普罗文学家。

叶灵凤在这个时期出版的重要作品，长篇小说有《穷愁的自传》(一九三一年),《我的生活》(一九三〇年),《红的天使》(一九三〇年);短篇小说集则有《处女的梦》(一九二九年),《鸠绿媚》(一九二八年)与《女娲氏的遗孽》(一九二八年)。

蒋光慈在这个时期出版的重要作品,有《冲出云围的月亮》(一九三〇年),《丽莎的哀愁》(一九二九年),《最后的微笑》(一九二九年)与《短裤党》(一九二八年)。

与穆时英一样,蒋光慈也很短命,于一九三一年死在上海,年仅三十。这两个人都有才气;叶灵凤似乎对蒋光慈更加重视。

一九七六年七月二十八日

# 忆　徐　讦

太平洋战争爆发后,我离开陆沉的"孤岛"到自由区去。抵达龙泉,拿了父亲的信去见浙江地方银行董事长徐圣禅(桴)先生。圣禅先生介绍另一位徐先生与我相识,说他也是到内地去的,要我跟他同乘一辆便车(运载货物的木炭车),路上可以得到照应。这位徐先生就是徐讦的父亲,对康德有研究,也懂得一点治病的方法。在前往赣县的途中，我背部生疮，徐老先生为我敷药。

到了重庆，杨彦岐（易文）介绍我与徐讦相识。我说出这件事之后，徐讦与我一下子就熟得像多年的老友了。从那时起，我与徐讦是常常见面的，有时在心心咖啡馆喝茶，有时到新民报馆去找姚苏凤谈天，有时到国泰戏院去看话剧，逢到圣诞前夕之类的节日，还在两路口钮家开派对。那一个时期，徐讦在重庆一家银行有个名义，好像是研究员，住在川盐银行的宿舍里。他住的地方，是顶楼，面积很小，低低的屋梁上，用揿钉钉着两三张明信片。明信片上是他自己写的新诗，在战时的重庆我曾为两家报馆编副刊：一家是《国民公报》，一家是《扫荡报》。当我为《国民公报》编副刊时，徐讦不但常有稿件交给我发表（譬如：他的《赌窟的花魂》曾在"孤岛"一份杂志发表，大后方读者多数没有读过，我编《国民公报》副刊，他交给我重刊）；还常常介绍中央大学学生的稿件给我。在我的记忆中，写《现代作品论集》的公兰谷那时也在中大念书。公兰谷为我编的副刊写稿，就是徐讦介绍的。

我进入重庆《扫荡报》时，工作是收听广播。《扫荡副刊》由陆晶清编辑，徐讦的《风萧萧》在《扫荡副刊》连载。

抗日战争后期，徐讦以《扫荡报》驻美特派员的名义到美国去。到了美国，从纽约寄来一封信，写给我的哥哥与我，内容如后：

同缜兄：
同绎兄：

到华盛顿会见周尔勋，收到你带我之书两本及一本油印稿，谢谢。周君福建人，态度冷淡，似很难成熟友，我问他可否带点书给你，他说绝不可能，我也就算了。

上次所译的《犹太的彗星》是否译好？

托绎弟找的《烟圈》(《申报月刊》一九三四——一九三六年)及《阿拉伯海的女神》(《东方杂志》一九三六——一九三八年)有否找到？

此三文务恳先将中文尽快地用航空挂号寄我。专恳绎弟为我一抄寄来，叩头叩头。寄费请先垫，以后当用稿费拨还。

最近(三月后)或有便人可带一些书，我将选一二本，交老曾，我希望一本给晶清，一本给《国民公报》。给晶清的万望同绎亲自送给她去。希望同绎肯埋头翻译一本。书用完后，谨赠绎弟。

缜兄所约丛书事，一时实在无法，容徐图之。我下半年工作计划极紧张，如身体吃得消，一定可以过很充实的生活。我预备至少一年里停止写作，这当然是指创作而言。不知二位以为如何？

　　我的地址：

　　匆匆不一，余详老曾信中，请一阅可也。

　　此候

　　近好

徐讦顿首

　　徐讦到美国去之后，过了一个时期，陆晶清到英国去了。《扫荡报》副刊由我接编。

　　胜利后，我从重庆回到上海，先在报馆做事，后来决定创办出版社。这时候，徐讦从美国回到上海了。我将计划告诉他，请他将《风萧萧》交给我出版，他一口答应。他还建议将"怀正出版社"改为"怀正文化社"，使业务范围广大些。

　　怀正文化社成立前，有许多筹备工作需要做。出版社二楼是职员宿舍，有空房，我请徐讦搬来居住。徐讦搬来后，介绍他的朋友袁同庆担任发行组主任。

　　徐讦交给"怀正"出版的作品，除《风萧萧》外，还有《三思楼月书》。《风萧萧》出版后，相当畅销，不足一年（从一九四六年十月一日到一九四七年九月一日），印了三版。《三思楼月书》最初的打算是：每月出版一种，有新集，也有旧作。新集有《阿拉伯海的

340

女神》(徐讦第一本短篇创作集)与《烟圈》(徐讦第二本短篇创作集)等,旧作有《鬼恋》与《吉布赛的诱惑》等。这些作品出版后,销路也不坏。那时候,徐讦心情很好,结识了一个女朋友,姓葛。当他刚从美国回来时,心境沉重,感情受到相当大的伤害。

后来,我招待姚雪垠到出版社来居住。徐讦因为吃不惯出版社的伙食,不大住在社里了。不过,他还是常常到出版社来的。因此,也常常见到雪垠。关于这件事,徐讦曾为文叙述,刊于《知识分子》第三十五期。

徐讦还有一篇文章,题目叫作"鲁迅先生的墨宝与良言",也有一段文字提到"怀正"。他这样写:

鲁迅写给我的这两幅字,林语堂先生自然是见过的。那幅"全家香弄千轮鸣,扬雄秋室无俗声"的横条,我想刘以鬯也许也会记得。那时以鬯与他的哥哥同镇办怀正出版社,我在社中寄居过一阵,那幅字曾经在社中客厅里挂过。……

相信这就是丝韦在《徐讦离人间世》一文中提到的"放在十海,可能早已经失落了"的那个条幅。

怀正文化社原是有一些计划的,诸如出版刊物与大型丛书之类,因为时局动荡,通货恶性膨胀,这些计划都无法实现。当出版社陷于半停顿状态时,徐讦固然不大来了,雪垠也搬了出去。我自己则在徐州会战时离沪来港，有意在香港设立怀正文化社。到了香港，因为客观条件不够，此意只好打消。

上海易手后，徐讦没有离开。过了一个时期，他到香港来了。他将《风萧萧》与《三思楼月书》交给别家书局印行。

九五一年，星岛日报有限公司出版《星岛周报》，徐讦是该杂志的编辑委员，我是执行编辑。徐讦在创刊号发表了两首诗，《宁静落寞》与《泪痕》。

就在这一个时期，新加坡刘益之先生到香港来招兵买马。刘益之邀请六个工作人员到狮城去参加《益世报》工作，徐讦与我都在被邀之列。徐讦比我早几个月到新加坡去。我是六个人中最后一个离开香港的。我离港赴新时，徐讦离新回港。徐讦回港后，积极筹组创垦出版社。《益世报》（新加坡版）于一九五二年六月七日创刊，徐讦仍在香港，没有参加该报的编辑工作。《益世报》出版了几个月，因得不到读者的支持而停刊，我在星马住了五年，于一九五七年回港。回港后，每次与徐讦见面，总觉得他对办报、办杂志的兴趣依旧浓厚。

徐讦办《笔端》，是与李吉如、黄村生合作的。《笔端》是半月刊，创刊于一九六八年一月一日。徐讦曾写信给我，要我为《笔端》写稿，我写了一篇《链》，刊在第三期。《笔端》编得相当好，只是销数不多。

《笔端》停刊后，文华出版社冯若行因为计划出版一套文学丛书，要我介绍名家作品给他，我介绍徐訏与他见面。我们三人在北角云华餐厅喝过几次茶，徐訏答应将《三边文学》（即《场边文学》《门边文学》《街边文学》）交给文华出版。《三边文学》排印时，徐訏、冯若行与我曾讨论过出版《七艺》月刊的计划。这个计划获得黄泠的支持后，立刻展开筹备工作。第一次筹备会假于浙同乡会举行，一切都很顺利。第二次筹备会假于仁行（现已改名"太古行一"）一间俱乐部举行，参加者除我们三个外，尚有黄泠、何毀、董桥、孙家雯、林年同等人。讨论杂志的内容时，徐訏与林年同的意见未能一致，使人家担心这样的合作会产生不愉快的事情。有了这样的担忧，整个计划随之搁浅。至于那套文学丛书，虽然大部已排好，因为缺乏商业价值，也没有付印。徐訏取回《三边文学》，交上海印书馆印行。冯若行另有高就，离开文华出版社。这些时日，徐訏组织英文笔会，我也参加过几次聚餐。

一九七五年底，忽然接到《七艺》月刊征稿函，才知道《七艺》决定出版了。徐訏于一九七六年一月十五日写了一封信给我，问我在"一月底前可写一篇给《七艺》《评〈科尔沁前史〉》刊否？"他还说："此刊想稍维持较高水准，不得不先由我们自己努力写一点,您如可每期写一篇短篇小说,则不但鼓励自己,亦且是鼓励朋侪之办法……"接到这封信之后,我写了一篇《评〈科尔沁前史〉》寄给他。他接到后,在复信中说:"这是一篇很结实的文章。"我以为《七艺》很快就会出版的,想不到徐讦却在这个时候到外地去了。征稿函于几个月之前发出,《七艺》却迟迟未见出版。我因为替别人在《明报》补稿,一时忙不过来,就将《评〈科尔沁前史〉》改在《明报》发表。徐讦从外地回来,打电话给我,我告诉他这件事。他将排好的清样交《七艺》编辑退回给我。

之后,我与徐讦很少见面。两个月前,《快报》邝老总打电话给我,说徐讦病了,住律敦治疗养院。我立即偕同董桥前去探望。徐讦说他患的是肺病,需要住院接受两个月的治疗。他虽然咳得很厉害,董桥与我都相信现代医药会使他很快康复。可是,令人悲痛的事情竟在十月五日发生了,张翼飞在电话中告诉我:徐讦已于五日凌晨零时五分逝世,患的是肺癌。

一九八〇年十月十二日

原载一九八〇年十一月香港《明报月刊》

# 《畅谈香港文学》序

他

他说:"香港是文化沙漠。"

他说:"香港没有文学。"

他说:"香港文学无异是中小学生作文。"

# 你

你打开历史大门,走入"过去",察看香港文学的足迹。

你站在薄扶林一幢洋房旁边,听到工韬与理稚各的谈话声。

你用广东话朗读廖恩焘的《叉麻雀》与《推牌九》。

你在《双声》第一集里看到黄天石用白话文体写的短篇小说《碎蕊》。

你在一九二四年出版的《英华青年》里看到邓杰超用白话文写的短篇小说《父亲之赐》。

你在香港青年会听鲁迅讲《老调子已经唱完》。

你觉得《伴侣》第八期的封面设计很像月份牌。

你看见几个"岛上社"社员在岛上讨论陈灵谷的《寂寞的岛上》。

你发现陈残云在《大光报》的副刊里扮黄包车夫。

你听到茅盾在《你往哪里跑?》中发出短促的呼吸声。

你从许地山的《铁鱼的鳃》中看到"落华生精神"。

你知道夏衍不但在冬夜写独幕剧;还在寒冷的春天写吴佩兰

的故事。

你一口气读毕端木蕻良在香港写的四部长篇小说:《蒿坝》《新都花絮》《大江》《大时代》。

你走入"孔圣堂"去听萧红报告鲁迅事迹。

你搭车赶去九龙青山的达德学院读文学。

你从《文艺青年》中看到一群香港文艺青年在建筑健康的香港文艺。

你爬上电车楼座遇见忧郁的楼适夷在观看纷扰的香港街头。

你将耳朵贴近李育中的《四月的香港》时听到有人在唱《义勇军进行曲》。

你走入袁水拍的《后街》,嗅到刺鼻的腥臭;也听到近似呻呼的歌声。

你想不到鸥外鸥竟会这样 outer out。

你不知道胡春冰的《深水埗之恋》是真事还是剧情。

你不止一次阅读戴望舒写的《跋〈山城雨景〉》,心里多了几个很难解答的问题。

你不止一次阅读叶灵凤写的《序〈山城雨景〉》,心里多了几个很难解答的问题。

你跟随虾球牛仔越过九龙狮子山时内心充满希望。

你进入穷巷听贫穷文人唱都市曲。

你与秦牧一同站在黄金海岸远眺十九世纪干诺道的猪仔馆与西环对开海面的猪仔船。

你利用马国亮的美国风情画辨认美国的短与美国的长。

你搭乘巴士前往浅水湾听海浪重述张爱玲的倾城之恋。

你意想不到姚克会在陌巷里对几个白粉道人讲述龙城故事。

你知道在半下流社会里生活的赵滋蕃曾经做过扛面粉的脚夫。

你仍能在弥敦道找到曹聚仁笔下的酒店。

你知道徐訏的《江湖行》与平江不肖生的《江湖奇侠传》不属于同一类的小说。

你与李辉英站在小洋房前目击那个牵狗的太太带走小保险箱。

你走上熊式一的天桥,远眺王宝钏在英国舞台上舞弄戏衣的水袖。

你采撷力匡诗句里的意和境。

你采撷何达诗句里的情和思。

你与余光中在旺角街市不期而遇,余光中正在凝视一个老妪的脸纹。

你伴同黄国彬坐在山上俯瞰吐露港的水光。

你走进狭窄的金盘街时见到林太乙在三十一号门口与宝伦的叔叔打招呼。

你在西湾河与睁大眼睛看太阳下山的舒巷城相遇。

你站在海边欣赏文社潮。

你意外地发现李维陵在荆棘中寻找爱情洞穴。

你不明白司马长风为什么要在梦与醒的边缘走来走去。

你看见卢璋銮、郑树森、黄继持在历史轨迹上携手同行。

你收到一张明信片，是也斯从布拉克寄来的。

你在吴煦斌的小说中找到牛的思想和木的感情。

你读《染》，才知道阮朗习染在九龙染布房街踱步。

你喜欢东瑞运用新的手法叙述《一件命案》。

你见到黄维梁一次再次提灯照亮香港文学的轨躅。

你欣赏杜国威将喜剧因素注入南海十三郎的悲惨事件。

你认为林荫的思想会在九龙城寨的烟云间跳舞。

你打开一幅香港地图，原来是董启章用文字绘制的。

你肯定潘国灵的小说是"香港制造"的小说。

你常常跟随犁青到诗国去游山玩水。

你以为陈宝珍在找房子，她却趴在窗框上望海。

你问王良和:"柚子有什么好看?"王良和答:"因为柚子睁大眼睛看我。"

# 我

一九八一年三月十三日,我在新加坡"国际文学研讨会"上谈《香港的文学活动》。

一九八三年八月十一日,我在"第五届中文文学周专题讲座"上谈《端木蕻良在香港的文学活动》。

一九八三年八月十五日,我在"中文文学周研讨会"上谈《香港文学:检讨与堤望》。

一九八四年八月二日,我在深圳"台港文学讲习班"上谈《三十年来香港与台湾在文学上的相互联系》。

一九八四年十一月四日,我在"世界中文报业协会第十七届年会"上谈《副刊在香港中文报纸的地位》。

一九八五年四月二十七日,我在香港大学"香港文学研讨会"上发言,谈《五十年代初期的香港文学》。

一九八六年十二月,我在"第三届台港及海外华文文学学术讨论会"上谈《香港文学的进展概况》。

一九八八年十二月八日，我在中文大学与三联书店合办的"香港文学国际研讨会"上谈《香港文学中的"和平文艺"》。

一九九三年六月五日，我在岭南学院现代中文文学研究中心主办的"作家座谈讨论会"上谈《有人说香港没有文学》。

一九九四年一月二十九日，我在"香港艺术发展局工作委员会艺术政策论坛"上谈《如何推动香港文学》。

一九九四年七月，我在香港电台接受李仁杰与聿佩文访问，谈香港文学，分十三节播出。

一九九五年十月十六日，我在北京中国作协的欢迎酒会上谈香港文学。

一九九七年一月五日，我在"第一届香港文学节研讨会"上谈《五十年代的香港小说》。

一九九八年七月三日，我在"第二届香港文学节研讨会"上谈《香港文学的雅与俗》。

一九九九年十二月三日，我在"第三届香港文学节研讨会"上谈《香港文学的市场空间》。

二〇〇二年三月九日，我在新亚洲出版社主办的"中学中国语文研讨会"上谈《我怎样学习写小说》。

# 这 本 书

书名《畅谈香港文学》，因为"畅"与"畅"字同。

二〇〇二年四月二日